U0120576

人坐在世界的边缘,笑

Am Weltenrand sitzen die Menschen und lachen

[奥] 菲利普·韦斯
(Philipp Weiss) 著

陈早 译

华东师范大学出版社

·上海·

华东师范大学出版社六点分社　策划

模糊地带
Terrain vague

[奥]尤纳·尤纳斯（Jona Jonas）　著

第一部分

［9］"Chotto matte kudasai. Kudasai!［请稍等。拜托！］
现在慢慢来。尤纳，我理解的对吗？你为了一个女人出来，
而她已经几个月没联系过你，不止如此：一夜之间她就消失
了——不为你，不为我，Sayōnara［再见］——甚至不屑留
下一个字——没有玫瑰，没有装满美金的箱子，没有吐出来
的口香糖，什么都没有！——为这样一个女人，你满世界
跑？谁都知道，每个破烂的面馆厨房里都坐着一个同样好
的，不，更上镜、更年轻、更性感！你知道你是什么吗？
不？不？我告诉你：英雄，尤纳！怪胎！偶像！阿多尼斯！
谢谢！这是爱！就是它！不是后浪漫的鸡毛蒜皮！不是后色
情的乱搞。不！飞来一只小小鸟！天啦啦啦啦！疯狂的爱，
尤纳！疯狂的爱！伟大的艺术！不因灾难而逃。不在乎小崩
溃。这边是惨败，那边是地狱。大闹一场，内心废墟？然后

1

呢？不思来想去。不！不为你，不为我，反倒为那个女人满世界跑。我不懂！Ero guro，尤纳。Ero guro nansensu。① 厉害！你知道吗？……哎，什么！来，我们做吧，可是要快！你知道吗，我觉得没什么比这处处泛滥的亲昵和伤感的调情更无聊。啊，宝贝。是的，宝贝。我爱你，宝贝。亲亲，亲亲。恶心！你知道吗，尤纳？疯狂的爱！厉害！恭喜你!"Abra［阿伯拉］说，举起她的香槟杯，一饮而尽。

上无瓦；

下无根。

廓庵师远；12 世纪。

---

① ［译注］Ero guro 是 Ero guro nansensu 的缩写，ero 指"色情"，guro 指"怪诞"，nansensu 是"胡说八道"。此处按上下文语境保留了原文。

1

[11] 这种静寂，此前我只经历过一次。

格陵兰的北极冰漠，世界北缘，去往可住区最后一处据点的路上，西奥拉帕卢克（Siorapaluk）之后只有冰，冰，1000 多公里外就是北极点。此地 4 个月的极夜里，太阳绝不升出地平线，数星期之久，没入彻底黑暗。那是种我所不知的静寂，它收容了一切，绝对得让我惶恐，纯然之畏袭来，因我正活生生地吸入虚无，一种奠基一切的缺席，我在其中感到从未有过的孤独。这个季节，冰几乎不动，无风，空气冷冽刺骨，地球停止旋转，冻僵了。我听凭这静寂摆布，无蔽无遮，借自因纽特猎手、本应为我御寒的无数层熊皮套衫也无力相抗。

我并非独自一人。尚塔尔在。她站在我身旁，于是我开始解冻，笨拙地抱住她，紧紧地，尽我所能。可她也着了虚空的魔，怔住神，让我不可企及。我的摇晃、我的耳语，均无济于事。我想，我的泪冻在了脸上。尚塔尔，我很久才说服她与我同来，此时她却似乎被这世界吞没，后来她说，[12] 思维在这里结晶、变得透明，直至渐趋消逝。她在最短时间内接受了当地人的习惯，白日久默不语，常常几个小时。带她来，我后悔了。

3

把我引入格陵兰的，是一份摄影工作，这地球上最大的岛屿，除濒海狭地，几乎被上千米厚的冰层完全覆盖。我随考察队沿岛西的一个峡湾巡行数日，他们在研究全球变暖造成的冰川融化为何比此前所有模拟预期都更为严酷。早先模型的估测已然悲观，却被现实可怕地远远超越，因为，一位科学家心服口服地承认，研究还几乎没有摸透冰体、冰下陆地、降水、空气和海洋之间脆弱而复杂的关系。后续研究针对的问题是，冰川融化将会对海平面升高以及世上海岸地区可能随后爆发的大水灾产生何种影响。

我们乘直升飞机、狗拉雪橇和船，环岛在冰上划出轨道。冰，绝非我们所想的僵固形态，它可动、可变，虽极其缓慢，却始终在流动、前移，从地表到深渊，从岛中心到峡湾，直至所谓的冰川崩解，直至巨人般的冰山在裂隙处爆破，随震耳欲聋的轰鸣声坠入大海。

那是 8 月清晨的伊卢利萨特冰峡湾（Eisfjord von Ilulissat），在这个极圈以北约 250 公里、雪橇狗多于人的地区，我们从冰川裂隙不远处乘小船北上，[13] 要在岛屿最偏远的地方寻找一个应做些测量的冰川锅穴。太阳低沉，几乎不动，把瑟梅哥·库雅雷克冰川（Sermeq-Kujalleq-Gletscher）浸入平静的暖光，过去几年，它的消融量堪比此前的 5000年。四周冰山浮动，抽象物，荒谬的教堂，哪怕耸出水面几百米，也能在千米深海中悠悠漂流，仿佛小小的纸船。这冰之残断令人肃然生畏，我迷住、愣住，用老相机拍下几十帧画面。一位研究者对我们解释说，山体游弋，直至在冰碛沉积物附近搁浅，某一时刻，它会被随后而来的庞然大物挤碎，在其压力下行至阔海，经戴维斯海峡南迁而去。

我正在拍冰的构造，心无所想，高兴地对尚塔尔喋喋不休，告诉她这个形状让我想起远古怪物——那个是达利，另一个则是柏林音乐厅，这时，一声雷霆打破静寂，轰鸣和震荡，仿佛从虚无中倾泻而来的暴风雨，最初惊惶的刹那，我以为那是末世咆哮，随后是其他游客的喊叫，然后是尚塔尔的声音，呼唤我的名字、击落在我身上、压倒了我，我不明白正发生什么。我用肩膀撞击通向舱内的门框，疼痛穿过手臂扎入指尖。继而又是噪声、喊叫，有点像雹霰，冰块暴虐地向船砸来。玻璃碎了。我试图向上看，脚下却摇晃起来，我庆幸有舱壁支撑，不用怕这一刻滚下台阶落到船里，[14] 下一刻就越过船舷坠海。我紧靠墙，双手抓牢壁架，抓牢尚塔尔，直到我最终可以转过身去看她，几分骇然地发现，她大惊失色。面如死灰。她就那样看着我，却好像在这目光中积攒起全部力量，她的眼睛亮起来。她紧紧抱住我，船仍在巨浪中颠荡，我却体验到让我感到出离安全的罕见瞬间。"没事的，"尚塔尔说，"什么都没有。"

几分钟后，浪平息下来，我们可以起身四顾。船舷处站了十几个人，一动不动，难以置信，呆望着现在宁静漂浮的冰山，这个季节，严寒本应结束崩解，它却出人意料地碎裂开来，在离船不远处坠入大海。

2

第二次经历这静寂时，它毫无征兆，汹涌而来。

我站在小丘上，狭长公园的草地，抽象雕塑旁，头顶高楼林立，被玻璃、水泥、轰隆隆的机器、人群和哀鸣的警笛包围。我站在那，东京中心，惘然若失，孤身一人，全然不知，到底是什么把我驱逐至此。我想念远方的朋友，他们散落在世界各处，遥不可及，在奥斯陆，在奥弗涅，在阿尔卑斯山，在日内瓦湖，在维也纳，在开罗，在巴塔哥尼亚。想念我厨房的气息，我的猫奥菲利亚的呼噜，邻居蹩脚的钢琴。我想尚塔尔，我当然想她。［15］我似乎冷得全身发抖，可我不冷。

脚下街道上弥漫着绷紧的宁静。人们再次解冻，抖掉肢体中的恐惧，交通重新开始，迟疑地，犹豫着，缓缓前移。我正从草坪上起身，刚在那一动不动地坐了些时候，仿佛被催眠，一刻都不能移开目光，不能不看对面建筑的巨大屏幕及其上连续滚动的骇异景象。我于是拼命离开，检查了地面，确信它平静地支撑着我，甚至跺跺脚，只为证实，终于放下心来，决定返回酒店，好好休息。

就在那一刻，我听到高亢、刺耳的声响。很痛，并非真痛，却切肤分明，我的身体竟不由抽搐、刹那间蜷曲起来。

或许，就像倏然抚过皮肤敏感处、让人退怯的温柔触摸。我听到鸣笛，几秒钟，消失了。起初我并未留意，继续向前走去，走下草坪，穿过从小丘通向街道的窄梯，隐约想到落下的炸弹。可没有爆裂声随之而来。至少还没有。也可能是一块被震掉、滚落了几百米的屋檐或墙砖，或许是根管子，至少有狭小的孔隙，空气从中挤过，发出啸声。我望了望天空。有几朵云。然后才意识到静寂。它弥泛而恐怖。

我继续走着，恍若无事，或许是希望，只要不在乎，就会赶走那幽灵。[16] 就像动画片里的小人，离开坚实的地面，却还会在深谷上空走几步，直到他们在某个瞬间惊觉脚下的无底之渊，大叫着坠落其中。来到下面的街道，我才停住。四下张望。

一个穿浅蓝制服、戴黑头盔的警察站在那里，用他的白手套拿着玩具般的塑料麦克风，空闲的手臂打着节拍，或把行人编入阔大的弧线，绕过那些散落在路上的残片和碎块。

救护车驶来，缓缓地，打着跳动的闪光，在晃动的轨道上开过仍旧堵满行人和空车的街道。

一队少女，在她们的校服里冻僵，紧紧依偎，她们挽起手臂，十指交叉而握，或是彼此相拥，以取暖或寻找安慰。（有一刻，我感到想要挤入她们之间的冲动，紧紧地，分享她们的温暖。）一个身材瘦高、扎着两条粗辫的女孩，因滑脱了一只白色长袜而露出赤裸的腿——膝盖已冻得发青。

白发斑斑的商人，颓陷在过于宽大的西装里，站在旁边，仰起头，眼睛眯成了线。我跟随他的目光。先看到浮在头顶的直升机，更远处，熠熠流光的云前，几只鸟从容盘旋。一切都发生在那寒冷、非人的静寂之中。就像几年前，纽约那家老剧院上映巴斯特·基顿（Buster Keaton）的默片时，伴奏钢琴师被突然袭来的疲倦击溃，在电影正中垂下手臂，然后是脑袋，画面突然无声，一帧帧滑过错愕的观众。

[17]它窒息般攫住我。那种我在格陵兰北极所感知到的死寂，那些再无生者活动的凝冻无风的瞬间。那时我才明白。我甚或动了动嘴唇。哑音。我聋了。

我想到了，却不懂这意味着什么。聋了。聋了。声响从世界上消失。那一刻，我急欲转过身，随便拦住最近的行人，摇晃他，对他大吼："这静寂！您听啊！"我没有。而是再次看向天空。鸟儿仍在平静地盘旋。我渴望它们。

有人碰了碰我的肩膀。一个男人，匆匆打着手势，恼怒、急躁，也许针对我。他的嘴唇发疯般无声地动着，仿佛现实本就在仓皇流窜。可笑，却让我如此害怕。男人指向一辆车，我面前的的士。车内的司机白发、深色眼镜，手不安地压着方向盘，用尽全力。我站在街道正中。我转过头，看到身后长长的车列。人们正要抓我的手脚，把我抬出车道。司机按着喇叭。我却听不到。这时，恐惧才启动。我感到心脏在跳。感到，却听不见。恶毒的骇异在我身体里绽开。手发麻，失去感觉。我大惊而逃，跳到街边，跑了起来。世界无声。我跑着。不知多久。我视一切为梦，越快，就越早摆脱。定是如此。我横冲直撞。推开挡路的行人。恍若格陵兰遮蔽了东京，我想，恍若所有响动都被刹那间冻结或被某种强力吞掉。我似乎只能听见尚塔尔的沉默，［18］只能听见她固若金汤的有毒的缺席。尚塔尔沉默着，她沉默，顽固。我只听得见这静寂。她声音的阙如。我想大喊。我的呼吸平稳了。我停下来，不知所之，我把自己藏入窄巷，壁凹，红色的灯笼下，半暗之中，像头病兽，哀求着，抚摸我的耳朵。我以为那是我的尽头。像绒毛，我想，或棉絮，黏黏的、结团的棉絮，钻入组织、内耳，不，一直钻入脑。我在耳前拍手，先左，后右，又是左，手掌相击，越来越狠，拍到耳上。扇我的脸。我竭力大喊。一切都安安静静。

3

我站在窗边，凝望世界。玻璃，水泥和钢铁。楼下多车道的路上震荡着混乱的交通，云在头顶傍晚的天空缓缓移动。只一眼，就看到成百上千的窗。本该说：我站在窗边，凝望世界。我试图数出周遭大厦的楼层，却失败了。27，48，73，也许更多，也许更少，我总数错，一再重新开始。一模一样的楼层让眼睛无处安放。建筑波浪般翻滚着离我远去，我的目光能探入最近楼房的窗内。我看见低层的商店，衣，鞋，包，帽，在陈列的商品中穿梭的人，上面是旅店，左窗的同一位置上总有一盏白灯罩，上面是住宅，上面是办公室，上面是什么，我不知道。我观察一个旅店房间里赤裸的女人，她与我一样站在窗边，吸着烟。她年轻，［19］略白，结实。吸过一支烟，她从窗边走开，我无意间瞥见她，感觉到身体里徘徊的欲望。然后她消失了。

我站在那，看了很久，夜随日落而升，越来越高，最初仅达楼底，其他层依然亮如白昼，在夕阳的暖光中粼粼闪烁，然而，夜，一层又一层地，向上游移，开始还很缓慢，以分钟为节奏，把楼层吸入体内，接着越来越快、越来越疾，似乎一口就吞掉几层，再后来，只有顶楼留在日光里，它却也终究被流放入夜。我于是站在那，看顶灯和地灯的光，似乎不屑一顾地，一扇扇窗、一层层楼，对抗着黑暗，亮起来，看城市，从下方，抵挡着逐渐恶化的不可见，把自己置入新的、人造的可见之中，那一刻，我只能认为，它展现出城市真正、本原的面孔。

我一惊，转过身。医生站在我身后，越过我的肩膀，凝望着城市的光。他递给我一张纸，上面写着：

"您现在相信我吗？您在东京。"

我接过他递来的纸笔，写道：

"我从不怀疑。"

他看着我，写着。

"不？"

他用钥匙打开落地玻璃门，示意我，应往前走。

我跨过低矮的门槛出去，赤脚，[20] 走上环绕医院的窄露台。空气清洌。此处一切都睡在城市单调的微光里。

我向下看去。双脚赤裸，站在冰冷的石质地面上。

"请原谅，"医生写道，踢下他的木屐，推给我。他穿着白色短袜。奇怪的画面。我犹豫了。

"Dozo，"他写。"请吧。"我踏上他的木屐。

我们站在那，望着闪烁的、颤抖的东京。

"您不怕吗？"我写。

"怕什么？"

一面写满，我把纸翻过去。

"怕已发生之事的后果。怕仍将到来的灾难。"

他摇摇头。

"自认安全，岂不危险？"

"始终活在不安全感里，更危险。"

医生吸入凛冽的空气。又微微鼓起脸颊将其呼出去。

"可未来。不让您害怕？"我写。字母比之前更大。

"也许。是的，它也让我怕。但我还有信念。"

"我没有信念。"

然后，一段时间，我们什么都没有写。我们沉默着。

医生首先再次拿起笔。

"您从未经历过，倒下被接住？"

我俯身在栏杆上，向下看去。在十字路口，我认出一个衣着精致的女人，她就像微模型，在鞠着躬的司机前上了出租车。我自问，她是否就是我刚才在窗边看到的结实的裸女？

［21］"您知道，"他写，"在日本，我们与灾难相伴，活了几千年——地震、海啸、火山喷发、台风。我们已经学会，与不可预见之事共生。"

"如何做到？"

"相信。放手。重新开始。一步一步地。"

"若地面不再支撑，人要怎样站立？"

1

我醒了，惶惑无依，脑中嗡嗡作响。呼吸时闻到厨房排风里油腻的热气。内脏，脂肪，煎炸。我的胃抽紧。滚，滚开！我想赶走鬼怪。我眯起眼睛，看见形状，颜色，光，可画面模糊，什么都不显现，始终毫无意义。唯有微光闪颤，无物和合，即使成形，也只是刹那。下一个瞬间，轮廓和形态便烟消云散，一切都流于含混。可有什么东西在。一种轻微的痛，钝而远，一切的基调。我试图定位它。必定有一具肉身。我对自己说：睡吧，尤纳，睡吧。世界不存在。

再次醒来，一切都简单了。有人在抚摸我的脸。终于。轻柔地。感觉天经地义。清凉、纤细的手。拂过我的脸庞，我的脖子。我的胸膛。我睁开眼睛。是尚塔尔，坐在那里。尚塔尔，在我身旁。我为何不能立即从抚摸中认出她来？她的容貌熟悉而切近：泛红的头发，明亮眼睛下浅浅的暗影，褪掉的雀斑，经年渐长的小皱纹，略向上翘起的鼻子，涂成深色的薄唇，她的微笑，左嘴角的抽动。"是你啊。"[22]我说，又闭上眼睛，我不想让快乐太过显眼。"你来了。"我伸手找她，摸不到任何衣物，只有皮肤。身体不愿如此孤独。我抱住她，把她拉向我。她倾斜，倒下，贴着我，紧紧地。我在腰上感觉到她的下面温暖地搏动。它渴望着。这时一只手环住我，把我翻过去，轻而易举地，好像我是纸。于是我仰卧。某种重量落在我身上。某种沉重。身体压倒我。终于。压倒了我。张开吧。尚塔尔。开始吧。

她消失了。一下子。
幽灵。消散在空气里。

我坐了很久，头埋在曲起的双腿间，哭了。

仍听不到任何声音。静寂。这静寂让我骤然清醒，吓退所有的梦。我看看四周。还是那条走进来的小巷，我大概精疲力竭，在这里睡着了。我想看看天空，抬起头，却望见密密麻麻的电线网，在红灯笼旁，在发黑的空调外机箱间，它们挂在建筑外壁上，如同巨大的昆虫。上面仍有蓝天。我跳起来，勉强拍掉衣上的脏污，回到街上。它充满无声的人们。

我不知它从何而来，为什么突然出现，弥漫开来，把一切纳入其中。它出自我的身体、我的目光，却铺散于周遭之物。那是种轻盈的、回荡着的安宁。就像承诺。（承诺什么？）我猜，[23]它因力竭而来。就像垂死时仰卧挣扎的动物，某一刻停止了扭动，终于平静下来，无力回天，听之任之。抑或，安宁出自静寂本身？也许，我所感到的冥莫之畏，无非只在回响着先行于恐惧的隆隆喧嚣。如今，它消失了。

我穿行东京。未多想，就拿起老相机，开始拍照。刹那间，一切都让我感到清晰而精准：形状、光、人、物、运动、空间和感知的和合。我自己，是个移动的点。仅此而已。

城市在警戒状态。至少踏入火车站时，我就明白了，等待着、不知所措的人们簇拥其中，他们坐在地面、板条箱和停下的滚梯上。成群结队，密密麻麻，最初几乎看不清脸和身体，因为太多了。我站住，看着无数想回家、现在却坐定的人，他们大概已准备好在此处熬过接下去的几个小时，甚或过夜，准备好划分领地，一块临时的、不得已而为之的家。人们寻找着壁凹，分配被子和水，给老弱发椅子。闪烁的广告牌用英语显示：Service suspended due to earthquake〔因地震暂停服务〕。我制作画面。安胶卷，很快乐。间或一惊，因为听不到快门的咔嚓声。下一刻却又忘了。

火车站前，在专设区，站着一排烟民，他们倚着栏杆，看向远方。黑西装、白衬衫、打着领带的男人排成弧线。他们深深地、不知所措地把烟一口口吸入，再从肺里呼出，或许因此放松下来。然后，当目光从连桥落到拥挤的人群和成堆的行人身上，[24] 我才看出白口罩千篇一律的图样，它们在下午的阳光中从脸上闪现，仿佛秘密信号。屏幕前挤满身体，表情僵硬，眼睛不安，追踪着跳动的画面：城市其他部分的熊熊大火；挤在黑色淤泥中小柴块似的车辆和房屋；海浪；岸边沉降的村庄；僵脸政治家的讲话。我惊惶地转身，继续走下去。在时装店的展品区前站了很久。倾翻的橱窗模特七零八碎地倒在地上。好像死去。我想：她们是第一批牺牲品。公共电话亭前排起长队，参差不齐地绕了整个住宅区好几圈。等待的人们不解地拿着手机，盯着这些诡异失灵、亮晶晶的人工制品。这时我才，沉闷而疲乏地，意识到饥饿。我看看四周，找到一个小铺子，走进去，发现货架空了。只有几个罐头和小袋子散落在仿佛被洗劫一空的过道上。而这最后一点残余，几乎不等我转过身去，也被一个小男孩贪婪地捡走。他的目光得意洋洋。他笑着跑到街上。我跟着他再次走出去，脚几乎还未落上柏油路，就感到身下的地面在摇晃、震颤。是余震。在一个阁楼般几十米高的酒店大堂里，我透过玻璃立面看到，系于无数线缆、从棚顶垂下的吊灯钟摆似的摇曳，平稳、温柔，有着孩子的轻盈，仿佛他们正在秋千上荡向天空。我恍恍惚惚，进入画面的世界。我跌撞。漂浮。不再属于周遭。几近于梦。或者并非如此？知觉敏锐起来。我体验到。我在。不，我感到的，不是虚幻。相反。世界一下子真切起来。[25]透过相机镜头，我看到一个无家可归的老人。有可能吗？他是"月亮人"？他是，当然是。他裹着过于宽大的夹克，坐在公园长凳上，直

接盯住我。他的目光如此开放，如此受伤，我瞬间暴露无
余，当场现形。我放下相机。他雪白的胡须在太阳中闪亮。
我羞愧地转过身去。

5

遇到尚塔尔前，我什么都不缺。至少我自认如此。我有女人和男人们，我有展览和订单，我鼓弄着我的微缩模型，我蔑视世界，我爱它，我飞翔，我坠落，思考，隐退。孤独了，我就走出去，寻找，渴望，买醉，张望，追问，到处都能找到人和感动。

遇到尚塔尔，我当即感到，我缺少她。那种电光石火，那种不可辩驳，始终神秘且美。

一个朋友曾问我，是否在说命运，我笑着摇头。不，我其实说的是偶然的厚颜无耻，是邂逅的难以置信，是一种颠覆我生命、我却别无选择的震惊。那就是命运，他坚持。不，毋宁是种连锁反应，若干不可逆的东西。

那时，我站在大学超市的款台边，在陌生的女人、在尚塔尔前面，手拿一本书和一个包得很可笑的奶酪面包，感受到惊心动魄。

"我也读过那本，"女人说。她转向我，指着我手里的书，她也读过。她的声音击中我，她的眼睛，她的手。

[26]"所以？您感觉如何？"

"可怕！"她笑了。她的笑击中了我。

我爱这本书。（克丽斯·克劳斯的《我爱迪克》，一部小说，关于一对指涉自我的堕落的纽约知识分子夫妇，一场想象的三角恋，以及作为解构艺术项目的爱情。)

"我爱这本书。"我说。她只是看着我，歪着头。

收银员的轻咳，等在我身后的顾客的催促，我的道歉，在钱包里没完没了的翻找，递给我硬币的尚塔尔，老者的窃笑，走出去的脚步，一同回到会场的路，一切都只是我沦陷的背景噪声，坠落已经开始，我却找不到任何定义，甚至说不出我所面临的是好还是坏。确定的只是，它发生了，这一刻，在劫难逃。

6

I need a hospital.
Please help!!

我想不出更好的办法。不知何时，惬意的恍惚消逝，感知耗空了醉意。我整天没吃东西。很冷，我冻僵了，精疲力竭。所有警告信号我都视而不见。我什么也听不见。世界仍旧静寂。我不太对劲。有什么东西彻彻底底地错了。不可能继续否认。

[27] 我首先想起，一个年轻的日本人给过我一个银色背包，我惊讶地发现，它竟然一直背在肩上。我坐在公园长椅上，打开它，取出里面的东西：一瓶水，电池，手电，军刀，收音机，几枚硬币，胶带，口罩，一个小闹表，可以注水的水箱，急救包，一根绳子，睡袋，垫子，一次性手套，卫生用品，手帕，果干，甜食，食品罐头，还有一个认不出是什么的包裹。我满心惊讶地看着这些物品的集合，它们在我身边排列开来，如同古怪的风景。我贪婪地把甜食一扫而空，喝掉了水。为安全起见，果干被放到口袋里。其他东西则留了下来。

我开始担心自己。我需要医生。我似乎全身都没了感觉，一切都在旋转。是的，这一刻我才真正明白：我需要帮助。可如何求救？我到底怎样才能让自己被理解？即使我说话、发出声音，又从何得知，我不是只在发出无意义的咿咿呀呀？太响或太轻？我试了几次，试图偷偷说话，用手挡住，别像个白痴。我的胸腔震动，我的喉咙。仅此而已。不论怎样，即使我做到让别人听懂，他们回答时，我又怎能理解一丁点？绝望回来了。它粗暴无情，就像被压抑已久的回忆。我累了，几乎落泪，跑回火车站，从口袋里掏出手机，试图在免费网络上注册。白费力气。我四处游荡，双腿沉重，它们越来越钝、越来越痛、越来越不情愿，我来来回回地划着圈，毫无头绪，寻找有网的咖啡馆。它们是小小的避难所，在这我无法理解的周遭，对生存至关重要。[28] 果然找到一家，走进去，深呼吸。总有办法的。无线网超载。我还是顽固尝试，一次又一次。连不上。我继续。我死死抓住网络，它会收留我。一定会的。直到某一刻，我原地倒下，心力交瘁，似乎突如其来的无望让我中了毒。

不知过了多久。也许几分钟，也许一个小时。直至我想到，从笔记本里撕下一张纸，用大字母写出：I need a hospital. Please help!［我需要就医，请帮帮我！］我蜷缩在咖啡馆的地面上，举起我的牌子，藏在后面。歪头，从纸缘看出去。几乎无人注意我。仅有零星几道目光，同情或慌张，看过来。我狼狈不堪。衣衫肮脏。一个男人弯下腰，在我面前放了枚 100 日元的硬币。那个瞬间，我再也忍不住。泪流满面，身体抽搐。我把脸埋入手中。不可救药地崩溃。耳聋，与外界隔绝。一瞬间，我以为再得不到空气。残喘。溃败。地面消失。好。就这样。我即将窒息。荒唐可笑的死。这时，我感到有手臂抱住我的肩膀。不，这次我不会睁眼。这只是我那愚痴的、渴望和谐的想象力又一个自我安慰的玩笑。可我还是做了。我抬头，看见一个日本女人，她扶着我，眼睛幽黑平静，裹着白大衣。天使。她说了什么。我听不见。她面容精致，布满小皱纹，显然是生活画上去的。这时我看到，她眼里也噙着泪。一瞬间，我以为看见了自己。那是欣慰的片刻，无需说一个字，就感到自己被理解。被捡起。(多么安全。就像掉落的东西被从地上捡起，或是其他时代的珍品。) 突然恐惧，她会再次消失，[29] 我开始慌张地翻口袋。找到笔，在纸上写：

> I can't hear anymore.

翻过来，指着 "hospital" 这个词，又指了指 "Please help!"，女人点点头。握住我的手，帮我站起。她的手小而温暖。我羞愧地低下头，逃避着注视。

7

有什么不在。某种东西，缺失着。

在我儿时的觉知里，某天早上来了信件。那是我 5 岁生日后不久。我像平时一样，起床后躺在浴室地毯上，半睡半醒地做着梦，而妈妈在洗澡，这让我感到安全和舒适。我喜欢清晨浴室地毯上的躺卧，它把睡眠抻长到白日，它意味着亲爱的妈妈就在近旁，它用水花四溅的滴答声赋予我种种思考和想象的空间。妈妈当时的男朋友阿列克谢走进浴室，为她把信放在柜子上，未置一词，不动声色。后来，我常常在头脑里重构这一片刻，问自己，当时他是否已预料到信里写着什么。妈妈洗好澡，擦干自己，打开信读了起来，读得泪流满面，开始时安安静静，接着啜泣，然后嚎啕大哭，同时大笑，［30］她大笑着，让哭和笑混作一团，好像不同脸孔在她身上搏斗。当时我不懂，只是绝望地抱住她的腿，开始像她一样，笑着，哭着，抬头看着她，胆怯地希望能为这神秘而危机四伏的游戏找到某种解释。后来，一切都急转直下。她进了医院，几周后去世。

我不知始自何时，若无妈妈的死，是否仍会如此。我渐渐变了。也许与我的苍白有关，我精致的容貌，我细软、浅黄的头发，我厚厚的嘴唇。我极力与他人一致，极力遵守他们教给我的规则。成年人看我的方式，让还是孩子的我害怕，好像我不属于这个世界。他们问，你是男孩还是女孩。我给出学会的答案。有一次我从弗洛伊德读到，丧失所爱之人的经验意味着，与此人同化，让他在自己身上活下去，让他的特性与自己融合，并用仪式维系、在自己身上保藏起对他的爱。他写道，于是爱逃入我，以免被废。弗洛伊德称此过程为，忧郁。

8

尚塔尔比我大 20 岁，法国人，理论物理学家，气候研究者，私下里我叫她，我的吟游情人。我们已交往数年，这种关系如此特别，我宁愿不去谈论，至少不会用任何标签定义，不论怎么说都只能是错。如果朋友们问起尚塔尔，[31] 我就无言地耸耸肩或笑一下，因为我确知，答案将毫无悬念地流入误会。

是从话语和目光开始的，一种特殊的、精神上对彼此的渴望。我们约会，谈话。是仪式，最初每周一次，然后数次，最终是每天。一旦见面取消，生命就空了。我们很少一致。我们争吵，以此为乐。思想之异让我们心醉。可若有人今天来问，当时我们说过什么，我却不知如何作答。我的脉搏太快，头脑混乱，记忆在那里中断了。因为兴奋，它忘了储存。它视一切为梦，一夜夜把体验清空，如清晨断梦。那是一场心灵之爱的游戏，追慕，挑逗，脱身而出。尚塔尔提到过身体的缺席。思考是持续不断的删除，她引用一位法国作家说，首先被划掉的一定是身体。尚塔尔说，思考的人，必须蜕去所有凡俗生活，仿佛已先行入死，才能全心投入理论性的东西，并在其中顿悟。真是胡言乱语！

当然，那时候我就想睡尚塔尔。我对身体的兴趣没那么理论。在几个月试探的、徒劳的接近后，我几乎已经接受，尚塔尔的确让我遇到了一个超越任何诱惑、敌视肉欲的灵智之人，可就在那一刻，豁然开朗，我们做爱，在她大学办公室的书桌上，根本来不及想清楚。她事后赤裸着在她崇高的书房里走动，收集起散落在地面的纸张和书籍，试图整理，却很快——与我纠缠——又撒了一地，尚塔尔以她那少女气的尴尬［32］彻底俘虏了我。此后就是那些亲密的销魂时刻，爱情游戏和高谈阔论轮流往复，身体和精神来来回回地交错穿插，尚塔尔始终担心的我们精神上的沉寂并未出现。

那段时间，她已有了症状，尚塔尔——有点老气地——称之为精神障碍。某种敏感，对不确定的畏惧，有时候它会升级到无法解释的惶恐，她因此常常一动不动、死亡般僵硬地躺在地板上几个小时。几年后——其间她已被大学解雇——她甚至被送进医院。突然之间，她几乎没法吃或睡。夜里她清醒地躺着，自顾自地计算。她在脑中推演着妄图控制未来的荒唐算法。她说，锋利的思维肢解了她的神经。医生说那是倦怠，给她开出了所谓的暂停期。

一定是这些日子里的一天，尚塔尔租住的那栋城郊的多层老楼，在一个安静的下午，说不出任何理由地，突然塌了。之前尚塔尔刚给我打过电话，告诉我她累了，没想到清空办公室会让她如此疲惫，她很抱歉，不得不取消我们的约会，她想回家躺一会。幸好有我的坚持和欲望，在尚塔尔最终开车回到那没有房子、只剩废墟的家之前，我们还是在城里见面喝了咖啡、亲密地拥抱了几次。当烟尘终于被消防水柱浇灭——我也到了现场——就能看出，半栋房子仍在，只是前部坍陷，[33] 其他部分大敞，如同玩具屋。能从街上看到尚塔尔的卧室，可她的床所在之处消失了。它和两位年迈的邻居一样，被埋进了废墟。我们站了很久，紧紧相拥。难以置信地看着这曾被尚塔尔称作她"在此世避难"的地方。

9

有什么不在。某种东西，缺失着。

或许这也是我飞往日本的原因。或许不理智、冲动、幼稚，或许。我既没有线索，不知尚塔尔可能在何处停留，也想象不出能在日本作何期待，如何交流，到达后能做什么。我几乎没钱，起码对于这样的计划太少了。不久前我才在报纸上读到，东京是世界上最贵的城市。我没有取消事业上的安排，也没有把计划告知任何人。只是匆匆把几件东西随便塞在包里，给邻居写了一张短字条，请他帮忙照顾我的猫，订了张贵得离谱的当天机票，几个小时后站在了机场，无法解释地确信着，我做得对。私密欲望无疑想要以某种方式去理解尚塔尔只字不留的消失，她的退缩让我陷入一种不愿承认的、冥顽的悲伤。

虽然我们在某些时刻如此亲密，却从未曾以任何方式对彼此提出过要求。僭越当下的束缚，会让尚塔尔感到冒犯。[34] 我那果真能在东京找到她的谨慎希望，因此更加渺茫。我凭什么追踪她，甚至想试图和她谈一谈？倘若真的与她四目相对，我应该对她说什么？我找过你。我来了。我想你。你到底去了哪？到底……

我气急败坏，干脆在离地几千米的飞机上跺起脚来，甚至吵醒了我的邻座——一个身材高大、睡觉时前倾的脑袋左右摇晃的俄罗斯人，他用蓝色的大眼睛惊慌地四处张望。我大概疯了，我对自己说，才会把本来就所剩无几的存款浪费在这种无意义的冒险上。我咒骂尚塔尔，因为在一切实际问题上，她都无能、笨拙而固执。我尤其咒骂我自己，因为在一切实际问题上，我都无能、笨拙而固执。

最初约会时我就曾宣称，我们对彼此的吸引力源于，尚塔尔代表着沉思的生命，我则是行动的生命。她的模式是思考的波澜不惊，一定程度上对生活的疏远，相对于世界的某种安全距离，与之相反，我的模式是行动、冒险、在无定性世界里的孤注一掷，是对现实的乐趣，是对幸运女神那总在上升、登顶、下降和寂灭之间流转的命运之轮的倾心交付。

"就好像思考不是这样！"尚塔尔笑着说。"你的命运之轮在我头脑中追逐着我，有些日子，我想，频率远高于其他人浑浑噩噩的一生！"

无论如何，尚塔尔并非行动派。她绝不铤而走险。她总在想，哪怕险象环生，也只是想。[35] 可真的只是？莫若说，终究、甚至都是思维？或者，最重要的也还是思维？

她会出什么事？

10

尚塔尔缓慢地消失着。起初似乎一切都好了起来。在医生开出的所谓暂停期和尚塔尔漫无目的地游荡后，她的确恢复了，重新开始工作，在数字气象学研究中心找到一个职位。当时她像变了一个人似的告诉我，她在为气候模型写算法，大气和海洋的未来即使不能在无穷无尽的数字模拟程序中得到预测，也至少可以被投射出来。她对我解释说，这样的模拟世界，是抽象、虚构的宇宙。一种已由无数作者写了数十年的算法和方程的文本织物。部分代码已经 60 多年。计算空气密度、湿度、压力、温度以及 3 个方向速率的 7 个基本气象学方程，甚至已经存在了上百年，它们早在威廉·皮叶克尼斯（Vilhelm Bjerknes）1904 的论文《天气预报问题，从机械和物理学角度的考察》中就已经得到了彻底论述。尚塔尔说，今天的程序代码中最古老的那部分，是朱尔·查尼（Jule Charney）1950 年为第一台真正的电子多用途计算机埃尼阿克所写的。另外，尚塔尔说，这种当时人们所谓的电脑占满整个机房。它由 18000 个真空管构成，对每个要解决的问题都必须汗流浃背地重新布线。[36] 程序员们当年确实像勤劳的小矮人一样在巨型计算机之间登台，所谓的 Bug，也就是程序错误，当年竟然真的是造成短路的甲虫。而尚塔尔当时执行的是，提取出已有代码，继续写下去。至20世纪70年代末，气候模型仍只是对世界粗笨、笼统的模画，是一种连海都没有的模拟生物圈。海的出现，花了好多年，可相比于复杂的大洋生态系统，它更像一个无生命的小池塘。森林算法、云算法、奶牛算法等等被补充进去，还有复杂的反馈回路。那时她和我说，她与一个改进鱼算法的女科学家共用办公室，她自己在旁边的书桌上工作，扩展冰雪融化的算法。

在她开始新工作、为气候建模的最初几个星期、几个月里，我破天荒地见到了一个如此有活力的尚塔尔。那段时间，我们几乎每天通电话，只要有可能，就在周末见面。我们间或在远远近近的城市约会，搬入奥地利、捷克、德国、瑞士或法国的酒店，全凭一时兴起。尚塔尔似乎彻底变了。我们频繁而炽烈地做爱。尚塔尔清醒、性感，突然被卷入一种让我招架不住的好奇和兴趣——对我，也对全世界。

很难觉察，这种确凿无疑的幸福到底从何时起又开始碎裂。我猜是哥本哈根气候大会前的日子，那时，尚塔尔在东英吉利大学气候研究中心的几个同事被外行、偏激的解读毁谤中伤，黑客先是非法入侵，随后公然大放厥词。[37] 有人声称，他们刻意隐瞒或操纵了那些反对气候变化由人类导致的数据。那段日子里，我无法接近尚塔尔。唯独一次，收到她的信息，写着"无语"。我太清楚，这曾被她称作"所谓的气候怀疑论者极其危险的狭隘心胸"以及媒体对他们的附和让她多么沮丧，因为他们不仅是明确无误的利益集团的牺牲品和傀儡，更无耻地利用了两种现象：首先是人性的基本常数，亦即智人压抑不快真相的特点；其次是公众对现代自然科学的根本误解。尚塔尔说，对于科学是什么、能成就什么，普罗大众的观念落后了一个多世纪。自 20 世纪初以来，尤其是物理学的世界图景，早已改天换地，激进的变化使之彻底诀别了可用简单、普遍、永恒的法则精确描述、计算的世界，而公众对此至今仍闭目塞听。因此司空见惯的是，像气候研究这种处理极端复杂性的科学，竟要妥协于耸人听闻的描述和小儿科的计算。

所以我们的幸福也就这样结束了？

11

我飞了一夜。或者说：我无眠地飞过夜。因此我能观察到，当人在行星上空几千米、逆其公转轨道而动，夜就收缩成一个昏暗的虚无瞬间。［38］一定是在中西伯利亚被切碎的高原和峰链上空，太阳从一侧消失，在一个抻长的、静寂的瞬间不知所踪，随即又在另一侧、从远处蜿蜒的勒拿河（der Fluss Lena）上空升起，就好像它不再等待行星的缓慢旋转，断然决定从半路杀出。整个序列如梦似幻，仿佛移动太快的不是我自己，而是时间。下面的地球反倒似乎欣然接受。当清晨的太阳以平角擦过它、抚摸它，它就散发出一种天经地义的安宁，那种感觉也攫住我，让我昏昏欲睡。

我的邻座现在似乎彻底醒来——大概被我的惊叹吸引，他也同样追踪起那小小的奇观。也许是我错了，但当我转向他，我们的目光短暂相接时，我想，我清楚地看到，他那双反射着光芒的眼睛里没有了登机时尚存的冷硬。"Krasívo,"他说，"beautiful［漂亮］。"

然后我睡着了。

着陆的晃动和颠簸弄醒了我，惊起的瞬间我不知所措，迷惑地看了看四周。就这样过去了空白的几秒。我在日本。这是第一个停在我心里的念头，我却说不出它意味着什么。日本。可我立刻感觉到一个新的世界。对此我反应古怪，是伴有迷惘之感的亢奋，也许那正是由迷惘滋生出的、迷惘的亢奋。（一种并不痛的失落，因它意味着期待已久的放松，刚还死死抓住的一切，似乎都从你身上自行脱落；[39] 一种允许你发明、蜕变出一块新生的无依无靠。）此外还出现了一种摆脱掉什么的隐约预感。何事？何人？不论怎样，前几个星期的压抑一扫而空。我脑中嗡嗡作响，很难直线前行。走在我前面的俄罗斯人转过身来，也许有点担心，他以毫无嫌隙的友好神情微笑着问我，在日本作何安排。我没说一句话，甚至没耸耸肩，也许我的表情难以理解地泄露出我轻松的无所适从。我眩晕般、酒醉般，穿过机场。差点忍不住拉起一位穿白衬衫、提公文包的日本老人跳舞。

书桌旁没有尽头的荒凉时光，接手的小活计，在工作室里迷人却单调的微模型制作，上一刻还是我唯一的冒险——这一切却突然被甩在身后。

尤其是，至少那一刻，我不再感到孤独，自尚塔尔消失后，它始终伴随着我、控制着我，它从未曾缺席，不论在工作中还是那些与亲近的人们共度的时光，不论在梦里还是那些醒来的瞬间。

我在日本，意味着，我将找寻尚塔尔，我会在全岛翻箱倒箧地查探、摸索，直至找到她，我会在最终与她四目相对之时欢呼，哪怕她——显然尴尬地——用她的嘲讽笼罩住我。

12

你爱我吗？有一次我在电话里问尚塔尔，她什么也没说。

[40] 我们几乎从未用过这个词。我们在安静的默契里对此避而不谈，仿佛它是一种会把我们分开的潜在危险。也许我们的缱绻正在这无言之中，虽然我们有滔滔不绝的分歧，这些时刻却让我们感觉到彼此的爱慕。情话的缺席并未削薄我们之间的感觉。在有些目光或抚摸里出现的、我们之间的静寂，比我与其他男男女女交换过的成百上千次重复的情爱的叹息，更丰富，更生动，也更真诚。多年前，有个人无尽循环地对我重复，"我很爱你"，每次听起来都更像是忧伤的安抚。若干年后，我在一本词源学辞典里——尚塔尔的礼物，找到了解释。我读到，"很"，本意上无异于，"痛苦的"。词源是伤口或疼痛。他说"我很爱你"，也许就是在无意识地言说着埋在损-伤里的音节。我对尚塔尔讲起此事，她说这夸张而感伤。

大概一年前，我去尚塔尔的小房子接她，因为她还没收拾好，我在她书桌上打开的笔记本里读到了"爱情算法"这个词。后来在咖啡馆，我对她提起此事，她只是让我不能理解地微微笑起来。也许她感到，我的轻率是对我们沉默约定的触犯，也许对于她，我真的只是某种模糊的爱情算法领域里的一个对象，曾经是，也永远是。她很快结了账，匆匆起身，不知所云地说了句，还有没完没了的工作等着她。

13

[41] 到达东京的亢奋并不持久。疲惫袭来，以及一种与快乐无关的不知所措。我坐在成田机场的轨道边，等着将把我带进城的地铁，再也止不住眼泪。其他乘客远远地绕开了我。

我决定继续留在机场，找个餐馆，吃份汤，让我强壮点。也许一切都愚不可耐，也许我会直接飞回去。我因这想法羞愧，却也轻松下来。

热汤乌冬面，果然让我重新活过来，驱散了坏念头。我坐了很久，观察着一架架飞机让人心安地起起落落——那些臃肿、沉重的机器，举止恍如轻盈的纸糊小物，还有旁边发号施令的微型领航员，他们用秘密的舞姿为滑行中的飞行器指示着轨道，如同矮人的独裁者。

我坐在从机场通往城内的轻轨上，向窗外望去，让陌生的世界擦肩而过。我坐在地铁里，看着地面，像所有其他人一样不敢抬头。可还是抬起了头。

后来我称之为"城市的睡眠"。人们在地铁中睡着。他们上车，窥探，目标明确地争取到座位，敏捷却不匆忙，缓缓地从容坐下，几乎尚未在腿下感到支撑，就已陷入安稳的沉睡。他们张开嘴巴，脑袋晃来晃去，上身前倾或歪向身边的邻座，[42]后者则开始缓慢而坚定地斜向下一个人，太突然的刹车会改变倾斜的方向，他们就这样波浪般来回荡漾，共同在我眼前上演着摇摇晃晃的疲惫编舞。少数几个和我一样不睡的人，也摇摇晃晃地坐着，试图用他们的小计算机分散注意力，却无论如何都会避开梦中的邻居纠缠不休的靠近。有些人没找到座位，也站着睡，一只手抓住拉环，另一只手里是公文包。每隔一段时间，睡眠者就会猛地抬起头，停顿片刻，然后再次沉入只是短暂中断的梦。却从未有一个人睡过站。相反，他们总能在终点前起身，些许谨慎，仍旧不慌不忙，仿佛他们认认真真地为这一刻做好了准备，甚至无需最基本的辨别，地铁一停，他们就睁大眼睛离开车厢，消失在路人的大流之中。

起初我想，一定是我自己的、因时差而附身的疲惫有传染性，它在我四周蔓延开来，就像打哈欠时常常能观察到的那样。后来我终于确定，整个东京都浸在摇曳的睡眠里，哪怕在地铁和轻轨上的途中。

14

尚塔尔越来越退缩。她的表述变得晦涩，我们的对话成了自言自语。我的摄影展开始让她无聊，至少她的沉默让我如此推断。她的欲望急剧下降，这伤害了我，虽然我不承认。我们见面或通话时，[43] 她就讲起气候模型。她常常没完没了地论述数学的细节问题，我很快对此失去兴趣。然而，一旦她开始把气候模型的算法和功能世界比作虚构世界的设计、把写编码比作讲故事，我的听觉就敏感起来。在圣-日耳曼大街的花神咖啡馆，她对我吐露说，她正在写下面这个"永远重复的、忧郁的可能性-故事"，这也许并非偶然：

如果高空云朵中冷却的水滴位于冰晶附近，水滴就会在饱和蒸汽压下气化。如果水滴气化，产生的蒸汽就会在冰晶上凝结。如果更多蒸汽凝结在冰晶上，如果冰晶彼此相契，它们就会变重。当它们的重量超过某一阈值，上升气流就再也托不住，它们就会开始降落。如果降落过程中超过熔点，就会下起倾盆大雨。

尚塔尔在花神咖啡馆说，在气候模型的宏大诗篇里，这只是一小段诗节，我想，她很满意这些话。地球不再被看作是自然实体，不再是根基，而是一种建造出来的结构，是依赖于人的、很容易出故障的太空载体，被尚塔尔称作世界之诗的气候模型，描写着这巨大的人造地球的脆弱。我当时叫她堕落的女诗人，并笑了起来。尚塔尔生了我的气，沉默着剩余的晚上。另一次，在我们次数越来越少的电话煲里，她对我解释说，做气候模型的，其实都是讲故事的人。区别在于，没有了普遍的佯谬，也就是说，故事虽然往前活，却退回去讲，从终点开始，用追溯过去的目光。气候模型则相反，它确实是［44］着眼于未来的讲述，是一种循环的、总是重新开始的、自我修正的可能性叙事，而所有的可能都晦暗不明、惊心动魄。

尚塔尔消失前，我最后一次见她时，她开始说起鱼算法的进展，就在我们做爱后赤裸着躺在床上的时候。当时她说，在虚拟气候的逻辑里，数十亿鱼儿千姿百态的世界更像是遍布全球的鱼汤。一般来讲，气候模型的世界古怪而迷人。她透露说，她梦想着摆脱日常、继续在世界的算法模型里生活。那样她就不再是个体的人，而是仅有的、所谓人类圈（Anthroposphäre）里的一个变量。希腊语 antrohpos 意思是人，sphaira 是球体，也就是说，她将成为一个巨大、无所不包的人球的一部分。虽然虚拟地球有数百公里的巨大漏洞，虽然你只能每隔 20 分钟短暂醒来，然后再神秘消失。毕竟人无非只是假定的假定的假定。但这也许最能概括地代表她对生活的普遍态度。

15

　　小时候妈妈给我读故事，是毕尔格《明希豪森》里的一段，也许是在撒谎男爵顺着土耳其豆藤爬上月亮的瞬间，我第一次有了那种感觉。我猜，外祖父也曾给童年的妈妈读过那本古老的书，书里月亮之旅的插画，描绘了豆蔓上、即将到达月亮的明希豪森望着漂浮在太空中的行星地球，[45] 他看起来似乎只是挂在植物的细茎上，随时都可能坠入无际无垠的虚无。从月亮上观察到的渺小地球的全貌，让我第一次产生形而上的恐惧。直至彼时，那球体对于我只是一个概念，地球这个词让我模糊地联想到街巷、公园、我在其中长大的城市，简言之：是我当时世界的视野。可是，当从上空眺望全世界和我自己那渺无影踪的存在，更远看去甚至地球也只是太空里的沧海一粟，一种我无法理解也无法用概念描述的畏怖浸透了我。那一晚，我再也无法平静下来，妈妈的所有安抚，甚至她善意的谎言，全都无济于事。

16

让我和尚塔尔相识的会议，叫世界的建模。在这场跨学科论坛上，林林总总的自然科学家、文化学者、软件设计师、艺术家和作者们共同致力于缔造真实，联手反对康德的论点——不存在世界的图像。尚塔尔第一天就做了一场关于全球耦合气候模型的报告，她那诙谐、充满讽刺的论述让人着迷，中邪的绝不止我一个人。我自己则作为艺术家受到邀请。要在这群陌生的专业人士面前演讲，我已几夜无眠。如今邂逅尚塔尔——在大学超市那段可笑的插曲后，我被一种自由落体的眩晕感击中。心跳加速、大汗淋漓的我，把自己关在大学厕所里。吐了两次。

[46] 应邀参加研讨会，让我的《世界草图缩影》和《想象的风景》大获成功。这些作品大多以我去往选定地的途中经过之地开始：废弃的厂房，疗养院，垃圾场，大城市，不寻常的景致。我曾去过中国南方的广东省，财力雄厚的投资者在那里原貌复制了奥地利的阿尔卑斯村庄哈尔施塔特；后来又去了天都城，仿建巴黎之地幽灵般空旷，日渐沦为颓垣败壁。我也曾为另一个系列的图像，去往切尔诺贝利禁区内的普里皮亚季（Prypjat）。每到一地，先要用我的老莱卡相机拍照，这些视觉记录日后将被我当作草稿。在普里

皮亚季，我尝试加入了一个中间步骤。我开始偷运禁区内的污染材料：泥土，沙子，叶片，小枝杈，石头，树皮，羽毛和骨头。还有布头、玻璃碴、碎片、锈铁、漆片和小块墙体。我带着这些被如此抢救出来、后又得到加工的走私品回到维也纳的工作室，用它们建造出败落城市以及荒凉寂地的模型——以我的摄影草稿为基础而制作的、忠于细节的缩微品。我仿造，奢侈地打光，然后重新拍摄模型，这一次用更贵的数码设备。在电脑上后期加工。大尺寸扩印。图像最终远大于被照的缩微模型，常常是它们的 20 倍。一眼看去，也许会以为它们是写实的拍摄。再细看，就会感到一种观察者常常说不出所以然的别扭。演讲后向我走来的尚塔尔，谈起霍珀式的疏离。我太兴奋，听不懂她到底说了什么。巴黎复制品照片的复制品的照片。对于我，这有点太复杂了。尤纳·尤纳斯！她笑了。她的脸很美。

17

[47] 尚塔尔消失后，我等了很多个不安的星期。我日复一日地哄骗着自己的预感，试图用漫无目的的活动分散注意力。我反反复复地听老唱片，帕蒂·史密斯、莱昂纳德·科恩、克劳斯·诺米、安东妮 & 约翰逊乐队，几个小时地盯着墙，看 60 年代的科幻连续剧，对自己浸透了一切的昏沉恼羞成怒。我虽已体验过尚塔尔的沉默，却无法以之为常。悄无音信的几个星期后，我再也无法忍受，终于开始找她。打到研究中心的电话让我难以置信地得知，尚塔尔几个星期之前已经辞职，清空住处，毫不犹豫地离开了，不曾说过任何其他动机或计划。当时她没有对我提过一个字。我不知所措，委屈地闭门不出，缩在床上，像个倔强的孩子，裹着被，抱着热水袋，从一个我以为早就弄丢的箱子里翻出来旧玩偶，还有擦泪的纸巾。终于，几天后，担心占了上风，虽然也有迟疑，我还是决定去报警。我想，倘若她从未摆脱抑郁和发疯的病菌，倘若这种阴暗的倾向重新占据了她，弥散开来，把她逼入某种深渊，该怎么办？

矮胖、红脸、胡子拉碴的警官听我说完，咧嘴笑着说："小朋友，分手我们可管不过来。"

18

[48] 尚塔尔无影无踪。

我在每天有 300 万人熙来攘往的东京新宿站，一动不动地站在过道里，提着我小小的旧箱子，如同一尊被遗忘的纪念碑，作为唯一静止的点，被行人环绕，我四下张望，悄无声息，为自己而尴尬，我注视着千百具不曾触碰我却擦肩而过、从四面八方绕我划圈的身体，恍如电影的快镜头，脸，腿，晃动的手臂，包，电脑，啪哒作响的鞋子，我看着陌生的符号，听着听不懂语言，为我自己的幼稚深感羞耻。我竟会以为，来到这里就能立刻找到尚塔尔？在一个 3500 万人口的大都市？难道我应该从口袋里抽出照片，去问报亭边那位和蔼的女士：您是否偶然见过这个女人？是的？她走去了哪个方向？啊，这边！您太好了。非常感谢！

我站了很久，一动不动，手里提着小小的旧箱子，无力也无法行动。然后——或许因为被一个脚下磕绊的行人撞到——我动起来，漫无目的地走着，任随前行的人群推移。也许，我会找一家旅馆，或在咖啡厅里坐下来仔细想一想，该做什么。也许，我会干脆转身回机场，买票，回家。然而，我没有了做决定的力气，只是一步步挪着脚，得到少许慰藉。不知如何、为何，在几乎无意识地闲荡了一段时间后，我突然发现——大概为应对压抑的迷失感——自己正跟踪着前面的男人。[49] 我从后面看出，他穿着剪裁合体的灰色细条纹西装，头发虽乱，却精心打理过。我猜他是东京商界的新人，可能刚毕业，第一年入职公司，即使他的举止已让我觉察出几分成功人士的自信。我还看不到他的脸。我紧跟着他，穿过通道、走廊，走上滚梯，经过地下的面馆、便利店和小商铺，最后来到室外，这时他停住、看了看表，我一不小心，险些越过他。然后我站到一旁，虽然尴尬，还是假装读起橱窗上的文字，当然，什么都不懂。于是我努力去看里面的画，象形文字：一道沟壑，一张扭曲的脸，或者，如果想象力丰富，一只振翅而飞的鸟。我感到荒唐，为自己摇了摇头，准备立刻转身，独自走开，无所谓去哪，随便什么方向，只是，离开。然而，我做不到。为什么？这个穿细条纹西装、头发蓬乱的男人，我必须对自己承认，在短短几分钟内，几乎成了一个朋友，想到要放弃他，我不寒而栗。不可思议。是的，看到他后脑左侧翘出的那一缕桀骜不驯的头发，我竟感到了某种愉悦，就好像我曾试过几百次，却始终未能温柔地驯服它。我小心地偷看过去，他伫立着，仍对我藏起了脸。他似乎犹豫不决，站着在上衣口袋里翻找，终于抽出一只钱包，[50] 检查了里面的东西，又把它插回去，突然走开了，走得那么急，也许很轻松，拐进了一条充斥着赌场、酒吧、电玩店和拉面料理的热闹小巷。为了不引人注意，我等了一会儿，然后缓慢地、不显眼地、如梦游者一般，随他拐入巷子，可刚一进去，就吃惊地发现，我再也看不见他了。有太多的人，他没入了一场太过庞大的混乱和喧嚣。我开始快走，跑起来，被倏忽而至的恐惧驱赶，以为能在一定距离外认出他的头发，却被洪流般迎面压来的路人挤开。人群集聚在嘈杂的柏青哥入口，我从这扰攘中夺路而出，经过一个诡异的辟邪物，它仿佛从其他世界掉落至此，我猜，正在麦克风里大吼着叫卖老虎机，我小小的旧箱子撞上一个女孩赤裸的膝盖，化妆成娃娃的她尖叫起来，一边惊慌失措地回头看着，一边更快地跑开，就这样径直冲向我前面的行人。他转过身，看着我，笑了。是那个穿灰色西装、头发蓬乱的男人。他有着一张老人的脸。我吓得要死，只是盯着他，什么也没说。他对我鞠躬、道歉，好像他做错了什么，然后消失在附近一座建筑的入口大门里。

我呆立了一会儿，看着一张张撅起的嘴巴、一个个领口，还有女孩们闪闪发光、显得太大的眼睛里卖弄风情的目光。因为入口旁的宣传板上张贴着一排排淫荡女人的照片，她们穿得很少，好像正待出卖。我转过身。

想念着尚塔尔。独自穿梭在东京的街头。

19

［51］伊卢利萨特，格陵兰，2011 年 2 月 4 日

亲爱的尤纳，

感谢你的消息，它让我高兴，也让我不安。我问自己，是否能像你那样在乎尚塔尔。恐怕：不能。

我自己，大概不到半年前，最后一次见过她，此后就再未听说过她的消息。现在写到这些，我很自责，或许我在她最艰难的时期离开了她。她显然过得不好。但是你自己判断吧。

尚塔尔很激动。一刻也无法静下来听我说。她和我讲，她去了一位学者的私人藏书室。她说了很久藏书室。关键是，找到了那本书。或者，她所谓的机器。经院哲学家拉蒙·柳利（Raimundus Lullus）的《大术》（*Ars magna*）。是那部诞生于 12 世纪初的作品的一版印本，尚塔尔说，它出自莱布尼茨（Gottfriede Wilhelm Leibniz）的私人遗产。你应该能想象她提到那本书时的样子。就像 19 世纪文学所描写的情窦初开的少女。她兴奋极了，不是失智，而是投入。她的眼睛。焦灼不安。尚塔尔说，《大术》是历史上第一部思想机。既是机器，也是书，一种构思，用符号、循环和插图写成的不可思议的算法表。基于犹太的卡巴拉（Kabbala）

理念和阿拉伯占星师的工具扎伊尔亚（Zairja），据说它能通过机械手段生产出观念。也就是说，《大术》，这台知识机，应通过概念的机械组合获得认知。就是这个离奇的想法。语词的魔力？还是纯粹的形式逻辑？柳利的艺术应该用来找出每个对象的可定、可辨、可证之处。［52］是的，柳利希望，任何一种知识的可能变形，只要有意义，都隐藏在其中。在语言里。借助逻辑的组合分析。正如尚塔尔所言，引致绝对知识的机器。她相信这种机器吗？相信它的真理？丝毫不信。但她被这种理念的放肆和美迷住了。而且，她反复强调，她绝非孤例。布鲁诺，培根，莱布尼茨。还有他们之后的许多人。她说：你不觉得，这个圈子还不错吗？尚塔尔说，单是对这种装置的想象就伟大至极，超过任何已实现的奇迹。谬误无法渗透的书，无穷真理的机制，不出错的变异，种种潜伏的启示，光的层层叠加。怎能不追问下去，直至荒唐、直至无数？

尚塔尔认为，冷静地去看，以其自身的要求衡量这种思想机，只能得出一个合理结论：行不通。为终极知识而开动的《大术》，就其本质而言是一种偶然的装置，一种诡谲、诗意的扯淡机，除了想象的答案什么都得不出，与其说它类似帕斯卡计算器或图灵机，毋宁说它更像莫扎特的《用两个骰子创作华尔兹的指南》或丁格利（Jean Tinguely）的怪诞雕塑。

然后，她突然从一个主题跳到另一个，说起莱布尼茨和他理性语言的构想，那是一种并非由语词，而是由思想构成的通用语言，在这种语言里，一切问题，甚至形而上学，都能像数学方程那样演算求解。莱布尼茨希望，神学家、哲学家和自然科学家们再也不必没完没了地探讨和争论。[53] 知识将不再是战场。他们会一起坐到算盘前核算，找到颠扑不破的唯一真理。尚塔尔承认，这是 18 世纪的美丽童话。

对尚塔尔来说，这一切显然与两个她所谓的执行中的程序相关，她似乎强迫自己如此，不，她必须执行。我想，它们对于她不可或缺，它们让她有可能赶走那个折磨着她、我却至今也无法理解的奇特的魔鬼。她对你讲过早上的写作仪式吗？你也一定时不时地观察到，她每天早上从 5 点写到 6 点。她称那些文字是手记（*Cahiers*）。那是种似乎过时了的特殊活动，尚塔尔说它是思维和追问自我的训练。手记会展示出她在长年训练和专注思考中对她自己的系统研究，一种在语言、在写作中进行的批判性的自我调查。手记会持续不断地质问、揭露她那分叉的、复杂的却也平庸而普通的自我。在写作的过程中，手记会在她那思考着、感觉着的我中测定出界限，也就是将如下两部分区分开：我的那部分由语言和社会化所给定的模式和轨道，以及仍然是我的其他那些独一无二、不可言说的部分。目的不在于某一天能彻底理解、确定自我，尚塔尔认为这根本不可能。她是为了记录自己思考的过程性。

　　她写着自己。或者说，她通过写作研究自己。这可能看起来有点怪，但也不过分。对于尚塔尔，这只是第一步。第二步是，编成代码。《大术》让她生出这个想法。[54] 她说起形式逻辑之美。这在柳利的书和现代计算机技术的程序代码里可窥一斑。她梦想，把自己溶化在思考中。这是她的原话。在她看来，算法语言是思想最清楚的体现。是超越文学的叙述形式。她先在日记里思考。然后在研究所，把她所写的东西转换成代码。我冒昧写一句，这想法真的差不多就是疯狂。一个极度自恋的项目，自我陶醉，也许是死亡想象。不，是挑衅，仅此而已。她想对自己进行编码，把她自己用一捆算法表达出来。这还不够。她还要把她自己的算法整合到气候模型里。她说的是，在机器里执行她的我。在庞大的功能性模型中，作为小规模的意识继续空转。在 个只知道物理数值，仅模仿过程和关系，只在乎气压、温度、二氧化碳含量、水平面等等的世界里，胡搅蛮缠，百无一用。一个写入气候模型的空转的异物，因为她有全然不同的参数，完全抽象，喜乐，恐惧，健康，希望，不言而喻，还有美，美得千差万别。被置入抽象空间中的异物，看似无足轻重，却是偷偷溜进去的意志，微乎其微，但可能带来极其严重的后果。尚塔尔说，她迷上了数字虚拟和算法，笼统地说，着了数字的魔。可考虑到这个世界的抽象性，她又会同时不寒而栗。她觉得，它的目的性既重要又可憎。它对我们人类讲述的我们的未来，几乎难以忍受。无论如何，她，尚塔尔，必须以她自己，作为无目的和无意义，对抗项目的功利。作为诗的公式，作为省略，作为不平衡。

[55] 亲爱的尤纳，你可以想象，对于我，这一切听起来多么古怪。然而我确实感觉到，她是认真的。我猜，曾有什么事情可怕地刺激了她。某种她没有说或不能说的事。于是才有这些诡异的想象。或许，这是她抵制现实的方式。她也问我怎么看。我只能告诉她，我认为这是自大的胡闹，根本不符合科学要求。她没再说一句话就走了。此后我们再无往来。

我很希望尚塔尔一切都好，祝你，亲爱的尤纳，能坚持下去，尽力弄清楚这件事。如果找到尚塔尔，请你对她说，我很抱歉，请代我紧紧地拥抱她。若有新消息，也请告知我。

温暖的问候
艾利亚斯

p. s. 你联系过伊夫-阿兰·劳朗吗？据我所知，他是尚塔尔的老朋友，生活在东京。

20

亲爱的艾利亚斯，

当革命在世上的别处展开（有些荒凉的晚上，我坐在旅店酒吧里，屏住呼吸，默默盯着新闻频道里一幅幅滑过屏幕的画面），当人们走上街头，名副其实地问求新世界，我却只庆祝我最私己的、无意义的、从未发生过的革命，迷走街间，［56］找寻幻影。我的动机，对于我自己，亦成谜题。（虽然，我猜，在我内里，一切之后，潜藏着和突尼斯人、埃及人、阿尔及利亚人、利比人一样的渴望，可这种类比很蠢，怎么都说不通。）世界于我，越来越扑朔迷离，就像我自己。这也是我现在给你写信的原因。无关尚塔尔。（当然关乎她。）你在上一封信里所写的东西，让我惶惑骇然。她身处何境，我的确一无所知。我茫然无绪。无论如何，感谢你的每句话。还有伊夫-阿兰·劳朗的线索。我常常读你的信，从中找到安慰。虽然尚塔尔的不知所踪让我受伤，虽然我自问，我对于她，究竟是否有过意义。你曾说，她太过爱我？她害怕？即使我愿意相信你，一切也只是让我愤怒、悲伤。同样让我吃惊的，是你描写的她的严肃。因为我所了解的她，是那种我所谓的诗意的浪荡。一直以来，每当她说起类似的东西，我都如此解读，我甚至爱着她这一点，她那种对僵化的自然科学思维的突破。然而，放飞想象力与实打实地脱离实际，现实的延长线与虚妄，以何为界？

尚塔尔依旧毫无音讯。这就已经说完了一切。

所以，我给你写信，其实是，哪怕会让你奇怪，关于我自己的。我能给你讲一讲我在这里遇到的几件事吗？我很幸运。因为你无法拒绝我的问题。这一刻，你或许正沉重地行走在格陵兰的冰上，从事你的研究，在延续数周之久的黄昏里盼望着极夜的结束，［57］盼望着，在几个月的黑暗后，第一缕呈平角覆于冰上的阳光，而浑然不知，同在这个时刻，我在世界的另一个尽头又已经开始写信。（不，世界没有尽头，不会结束。）一切都那么特别。我开始怀疑。的确好像，我在这里……

我在这里停了笔。

21

大概 10 个星期之前，2010 年 12 月 17 日早上，年轻的菜贩穆罕默德·布阿齐兹（Mohammed Bouazizi），在他世代生活的偏远突尼斯小城西迪·布齐德的广场上，推着木车售卖水果：梨、苹果、柑橘。11 点左右，维持秩序的警察没收了他的货物——不是第一次了，还有对他而言十分贵重的电子秤。小贩的所有反对、控诉和抗议均被驳回。不久后，正午，省长办公室前，年轻人汽油浇身、自焚抗议。突尼斯举国激愤。各地的人们纷纷走上街头进行抗议。革命的火花蔓延至其他国家。很快，上百万人在邻近国家起义反抗压迫和社会的不平等。一个小小起因——引发了大范围的熊熊大火。对此，尚塔尔会说什么？

[58] 我们讨论的时候，她总是兴高采烈。于是她的声音听上去沙哑而美。它微微颤抖，因为她能证明自己。因为她陶醉于她自己的犀利，以及她因此感到的力量。她的优越感。此时的尚塔尔少女般敏感。我们不争吵。我们开玩笑。我们共同思考。在分歧中。在辩证的交锋里。我们吹牛，夸张我们的观点，用另一个人的理智检验它。若有朋友在，他们常常会惊讶于我们无情的讽刺和攻击。我们反倒以之为亲密的游戏，温存而激动人心。（或者，只

有我是如此感觉的?)

　　有一次,我们就这样坐在我维也纳的房子里,喝着便宜的黑比诺酒,讨论事情。起因是,我对尚塔尔宣布,我想——几天后——随某机构去海地的太子港,记录当地可怕的饥荒和出现的暴动。尚塔尔蔑视地说,这是"十分滑稽并且令人担忧的天真",她的话让我屈辱、烦躁,至少在那一刻,我与她疏远了。(对于任何政治运动或行为主义,特别是政治艺术,尚塔尔总是不屑一顾。一次讨论暴动小猫乐队〔Pussy Riot〕时,我们差点打起来。)然而,最初的不满很快沉入背景,我们的谈话转入泛泛,进入了一个显然让尚塔尔更自在的领域。

　　"我说的是什么?"她冷冷地说,"是意图、行动和结果的虚妄嫁接。"

　　她自命不凡的学究口吻让我感到可笑。

　　"恐怕你必须再具体解释一下。"

　　尚塔尔傲慢地看着我,抿一口酒,变了脸色。

　　[59]"我是指,我们的世界既不能用数学也不能用理论把握,在这样错综复杂的领域里,每个蓄意安排的行动,都会产生与意图大相径庭的效果……"

　　那语气!她目光的闪烁。

　　"所以你建议,人们不应该把自己交付给行动的不可测，反而最好缩进被子里？"

"两者都做，听起来可不太理智。"她轻轻抚摩我的手。我用力抽回。她笑了，"我想说的是：或者——通常如此——自己的行动毫无结果，一场空……"

我打断她。

"我们生活的这个世界完完全全是由人类造就的，我们的行为无可置疑有其后果，你难道想否认？"

"先让我说下去，嗯？"

我耸耸肩，把杯里的酒一饮而尽。

"也就是说：或者行动徒劳无果，或者，在某些难以置信的情况中，行动的确启动了不可控的东西。就是最微不足道的那种，蝴蝶扇动翅膀甚至能在远方引起飓风，谁知道呢，也许能颠覆整个世界。但极有可能，非人所愿。"

"如果我就是这样一只蝴蝶呢？"

尚塔尔的吻——纯粹的战术。

"你当然是，尤纳。但这不会改变不可预测性。"

她美得惊人。

"所以比如说，两个地质板块，相向推挤了几十年甚至几百年，悄悄地，缓缓地，越来越严重，以至于沿应力线形成了〔60〕不均匀的压力。然后，某一刻，完全不可预见地，出事了。在临界点上，那种脆弱的协作、各种力之间的相互作用改变了。转瞬之间，地质构造的行为骤变，压力释放成大地震。"

"革命也是一样!"

"我不介意,但这远不能让它有意义!这没让世界更好!人们可以心存最慈悲的愿望,但结果常常惨不忍睹。法国大革命。饥荒暴动。结果如何?面包比以前更贵。平等和自由的理念终结于无意识的屠杀!20 世纪的革命:俄国!古巴!……哪里有未曾变质为终极噩梦的乌托邦?"

我呛了口酒。

"你是个多么恶劣的法国女人,尚塔尔!你不是告诉过我,以前你也摇过红旗?"一声干笑。"你难道不认为,这种开放性让人心潮澎湃?人类这种从全新开始、启动不可逆料之事的疯狂能力?我同意:这很危险——也许。但你从中得出了错误的结论!如果在进入某个不确定的未来之前,人们宁愿不去行动,那也就不用负任何责任。多好!生活本身也就结束了。人人都可以心安理得地坐在他的屁股上,耸着肩膀旁观,一切如何破灭,也确实如此!"

"因此我们也企图去控制,去创造正确的、好的世界和所有诸如此类的笑话,通过有预谋的计划,通过理论、模型、党派、国家、机构,通过理性,不是吗?妙极了。结果呢?我们追踪事件。我们在时间点 A 错误地分析问题,[61] 在时间点 B 拟定出一个漏洞百出的解决方案,仅因其存在而在时间点 C 修改它,在时间点 D 落实它,而此时它自己的前提早已被挖空,因此它也早已过时、没用了。那就回到起点！继续下去。我们也别无选择，只能无知而鲁莽地胡闹下去、杀戮下去。"

"尚塔尔！拜托！我们看不清所作所为的后果，未来没有保障，这是代价——因为我们共同居住在这个星球上，为这份不孤单的惬意，为洞悉到生活不只是忧心之梦，我们必须付出代价——还他妈的心甘情愿！难道你另有憧憬？"

尚塔尔盯着我，抬了抬眉毛。

"我可以放弃人类。"她是认真的吗？"什么都不会变好。连如此崇高的意志都无济于事。恰恰相反。任何干涉都只会恶化。一切都将越来越糟。注定无疑！会更复杂！更残暴！更丑恶！没有救世史，没有进步，没有特权观点，能让人……"

"尚塔尔，我请求你！谁想要这些？我不需要神，不需要帝王或政治家去操纵我的世界。我在说完全相反的东西！是世界共同体，是对话！"

"你想要的是鸡同鸭讲，尤纳！"尚塔尔的眼睛闪闪发光，她走来走去，皱起额头，脸颊发红。"因为每个系统——每个人，每个国家，每个公司，自然，政治，经济——不论你愿不愿意——都只能看到自己，也根本没有其他可能，因为所有人都困于自身，只能用他自己的语言和方式试图求生，试图把这种从自我观察中得到的结论用于外界。"

"所以呢?"

[62]"所以,比如说,经济看的是货币流通。如果流通受阻,它就对自己说:天啊!世界不对了。我必须改变。它为了恢复货币流动而改变某些东西。比如降低基本利率。它不画画,不植树。对于美的问题或社会问题,经济是瞎的。就像艺术看不见医学问题,就像里斯本看不见金沙萨。"

"就像你在你那自我指涉的、泡影般的脑袋之外看不见任何东西,真他妈的该死!"

"听上去很有道理。可我想说的是,不存在适用于所有人的目的和语言。"

"所有人和我也没关系!但我们必须试着,通过谈话创造一个共同的世界,设计出共同体、政治上的制衡、纠错。我们总不能认为:这里是经济自主,那里是科学自主,还有生态的、技术的、政治的自主。与之相对只有80亿孤零零的、被外界决定的、愚蠢的小人物。那样我们就真的投降于这些恣肆程序的自然循环,我们就只是注定要死的、木偶般的、白痴的生物。"

"你理解精准,表达也很美。"

"但并不必如此!还有发生在人们之间,你所忽视的,政治的东西,尚塔尔。有对话,行动!它中断自主进程,敢于从全新开始,抓住主动权,冒险。不可能成真,好吧,无法预测,也许,可惟其如此,才能不停地中断世界运转和人事进程，才能预防灾难!"

　　尚塔尔站起来鼓掌。我脸颊发烫，俯身靠近尚塔尔，轻轻咬住她的脖子。我们在剩余的晚上做爱。几天后，我去了海地。

22

[63] 那是我出发去日本前一个星期。一月的雪从外扑向结霜的窗，我已在家中客厅的旧沙发椅上倒躺了几个小时，几乎纹丝不动。腿挂在靠背上，背躺椅面，脑袋像平时的脚那样垂下来，血液涌入其中，太阳穴跳个不停。地面白而空，只有吊灯在空间中高高耸起，家具挤到天花板上，棕榈倒着长，鱼儿翻过身游，好像早已死去。我不吃不喝，超过了24个小时，准确地说，我什么都没做，除了呼吸，时不时闭眼，再睁开，继续呆望。奥菲莉亚费尽心思想让我高兴起来，她温存的姿态，她的依偎、摩擦，她用鼻子轻轻碰我，舔我的脸和手，最后她嘤嘤而泣，却都是白费力气。不知什么时候，她放弃了，满腹委屈地离开。某种东西似乎正在我内里逐渐死去。我的身体悬在颠倒的世界。仿佛俯向深渊，我继续前倾，直视入其中，那是尚塔尔离开后在我心中开裂的幽暗之物。它吸引着我。它呼唤着我。落下来，尤纳，落吧！落入我拥抱一切的黑。在这夜的邃暗时刻。我想，这或许就是死亡的感觉。越来越虚弱。世界消失了。间或惊起，因绝望而窒息，又再次陷入思维闷钝的空无。

电话响了。在桌子上。伸伸手就能够到吧。果然。我不知道，怎么样、从哪里找到了探身并拢手指抓握的力气。陌生的号码。我拿起听筒。身体滑到地板上。

[64]"你好?"

"尤纳·尤纳斯吗?"

"尤纳·尤纳斯,"我说,确认我自己。

"请您原谅我的电话。我叫娜塔莎·佩特拉科娃。"

我试着理清头绪,居然意外地成功了。我不认识娜塔莎·佩特拉科娃。片刻沉默,她继续说:

"我和尚塔尔一起工作过。"

这个词——尚塔尔,它像某种有生命的东西,在我内里蔓延开来。我心中那开裂的幽暗之物。

"您认识尚塔尔吧?尚塔尔·布兰查德,是不是?您给研究所打过电话询问她,对吗?"

我给研究所打过电话,询问她。

"对。"

我努力呼吸。

"好的。"女人说。她似乎轻松下来。

我试图镇静。

"那您知道,她在哪吗?"我问。

我突然渴得难以忍受。

"抱歉,不直接。但我想和您谈谈。"

"我明白。"我说,并不明白。

我在找水。哪有水?

"明天我坐夜车从柏林去维也纳。然后继续去萨格勒布。如果您在城里，您可以去火车站。可以吗？"

可以吗？

"行。"

她怎么知道，我在哪？

世界转了。

23

[65] 法国大使馆并未告知，我能否在日本找到尚塔尔·布兰查德。在大学的物理和地球科学研究所与她共事过的人们，耸耸肩或尴尬地摇头。东京技术研究所的一个法国女科学家确定，她不认识布兰查德女士，却愿意带我出去吃饭。尚塔尔的朋友们，或那些所谓的朋友，除艾利亚斯外，均未回信。我该怎么想？横滨的地球模拟器2号曾是我最大的希望，它是一台用来在日本计算全球气候模型的超级计算机。几年前尚塔尔曾给我讲过，她睁大的眼睛里闪烁着光芒。她讲过那台精心设计、由上万个独立处理器共同组成的并行计算机，讲过它无休无止的隆隆轰鸣，讲过铺天盖地的数据和种种假定的现实。当时她说，那台新的地球模拟器是目前世界上最快的虚拟计算机，说不定哪个白日梦就会引诱她去看看。我想，如果在那找不到尚塔尔，还能去哪？我的询问始终没有答复。我的电话被掐断在日本的客套话里。当我亲自到了现场，人们礼貌地建议我参加一小时的游客导览。我苦笑着告辞。

我走进伊夫-阿兰·劳朗的办公室。（他是我唯一的、小小的、愚蠢的成功。）

那是栋传统的日本房子，直至屋顶和窗，全部由木头、苇秆和纸造成，它伫立在多层的高大新建筑之间，仿佛往昔侏儒时代的倔强残余，几近文物，至少怅然若失。[66] 在前厅，我像日本人一样脱掉鞋子。伊夫-阿兰从房子里面喊我上楼，说他在楼上等着，我按他的吩咐照办，虽然有些迟疑和不满。我推开拉门时，他坐在写字台后，像个堕落的国王，平静地看着我，吸烟。伊夫-阿兰大概五十几岁，衣着优雅朴素，银色短发，目光犀利——这是我所感而非所见。我有点犹豫地站住，房间里摆满老旧的架子、书籍、纸堆，以及恍惚的、有超现实主义之感的黑白照片。我飞快地扫了一眼伊夫-阿兰。他的眼睛是绿色的。

"您进来啊。别怕。坐吧。"

我坐到一把吱嘎作响的木椅上。

"您喝茶吗？"

"好的。"

他给我把茶倒入一只手作的旧茶碗。茶汤浑浊，泛着一种与他的眼睛相映的有毒的绿调。我喝了一口。是苦的。

"您就是尚塔尔的男朋友？"

我耸耸肩，疑惑地抬起手，压下去一种说不清的预感。

"年轻。太年轻了，"他打量着我说，抽了口烟，"我们当年大概就是您这个年纪。"

我感觉他的评论不怎么妥当，但没说话。

"她怎么样？"他问。

"本来我是想问您的。"

伊夫-阿兰困惑地摇了摇头。

"我?"

"我本来希望,她找过您。"

他吐出烟,歪过头,疑问地看着我。

"她在日本。"我说。

[67]"是吗?她来了,一声不吭,这也很像她。我没有她的任何音信,15年了。"

最后一句话毫无感情,干巴巴的。

我一下子破灭了希望。

24

佩特拉科娃已在我之前到了火车站的约见处。她推着箱子，站在轨道尽头，四处张望，像一头胆怯的动物。无疑，就是她。我从她身边走过，坐在几米远的长椅上，观察她。她没有注意到我。所以我有时间仔细看。她快到 40 岁，高挑，极瘦。她皮肤苍白得显眼。扎成马尾的深色长发，口红鲜艳，眼影发暗——一切都加强了这种印象。她病恹恹的，好像很久没见过光，几乎透明，会随时消失的感觉，然而很美，毋庸置疑的美。我立刻想到，她可能是尚塔尔的情人。我摇了摇头，试图驱散想象，可太晚了。她赤裸着躺在她怀里，相拥相缠，贪婪而陶醉。佩特拉科娃看了看表。早上刚过 7 点。她在找我。她动作仓促，好像排练过，却表演得太慌张。我十分可笑地心跳起来。深呼吸，站起来，向她走过去。我走向她，她却对我视而不见。有一刻，我们四目相对，可她目光空空如也，似乎根本没有觉察到我。然后她转过头去。我怀疑起来。不是她吗？我错了？我迟疑地站住。

"娜塔莎·佩特拉科娃？"

[68] 她看了我几秒钟。

点点头，放松下来。至少我想，能从她的脸上看出。（我大概不是她期待的样子。）

"很好，"她轻轻说，"我没有太多时间。"她的声音就像呵气。

佩特拉科娃对我笑起来，突然就像个小女孩。下一秒却又变回去，脸上有了之前的紧张神色。她示意我，我们得走了。

"您的火车是几点？"

"不到一个小时之后。"

25

我们坐着。

伊夫-阿兰吸着烟。

"我能对您说你吗?"

我点头。

"你找她?"

我点头。

"她凭空消失了,一夜之间,对吗?"

我疑惑地看着他,有点吃惊。

点了点头。

"如果我能给你点建议,那就远离这个女人吧。忘了她。"

"您为什么这样说?"

"尤纳,你可以用'你'来称呼我。"

我没说话。

"你还是好好过,听到了吗?让尚塔尔在她的世界里。要是她变了,我才会奇怪。"

"如果她没变呢?如果她还是您认识的那个尚塔尔呢?忙自己的,挑剔,独来独往,沉默?[69]为什么我应该干脆忘了她?"

伊夫-阿兰向前靠过来，手肘靠在旧写字柜的台面上，盯住我。他绿色的眼睛。

"她和你讲过我们吗？"他问。

"提过一次您，至少。"

"可能都有30年了。"他说着，又倒回他那把孔雀形状、吱嘎吱嘎的藤椅里。在他身边我很不自在，这个男人显然与尚塔尔有过一段爱情，在我还是个婴儿的时候。

"您说过，您什么时候来的日本？"我问。

"70年代末。当时我来东京，是为了和寺山修司一起工作。先锋派电影编导。"

我算了一下。

"您在日本认识的尚塔尔？"

"在法国。但她随我一起来了。我们想一起生活。"

"她随您来到这里？"

我喝了一口浑浊的苦茶，压下眼泪。

"这我不知道，"我低声说。

我对尚塔尔的过去一无所知。关于她我到底知道什么？

伊夫-阿兰拿起他写字台上的一张镶框照片，递给我。

"惠美，我妻子，还有我的两个无比可爱的孩子，绚香和结城。"

他想对我证明什么？

我沉默。

"你为什么这样对自己，尤纳？"

"您为什么想知道，伊夫-阿兰？因为，如果我不这样做，就什么都无所谓了。"

26

[70] 我失眠了。裹着夜里穿的尚塔尔的白衬衫，过了这么久，我依然想象，那是她的气息，熟悉，切近。我穿过昏黑的酒店房间，坐在马桶上，试图思考。我感到领口在鼻子旁边，深吸一口气。疲惫让我眼中泛泪，脑袋昏沉。我划着一根火柴，点燃我为自己买的蜡烛，用它继续点下去，然而这一切太亮了，我又一根根吹灭。尚塔尔，尚塔尔，我想。尚塔尔，尚塔尔。我几乎无法想得更深。撒尿声比平时更响。我从走廊上听到了什么，就像摆钟的滴滴答答。可它太慢，太慢了。会是什么呢？我看了看手中紧握的电话，盯着它，让它滑下去，再拾起，试着，找到尚塔尔的名字。一个机械的女声报告："该号码为空。"

我坐着，看入黑暗，2 分钟，5 分钟，10 分钟，也许更久。太慢的摆钟在走廊里滴滴答答。

午夜前，我穿好衣服离开了酒店，乘地铁去了涩谷，游荡在闪颤斑斓的街间。我在一家酒吧坐下，靠窗，低楼层，喝得烂醉，因为酒精，也因为看到呼啸而过的人，他们一群群发着奇怪的高烧，在一种我所不能理解的躁动状态里乌合成众。缘何而起？也许是眼花缭乱的物、交易、刺激，是目光，是颜色和诱惑。酣纵于诡异的细节，怪诞的发型、装扮、配件、妆容，不断挣扎着，在这灯光、符号、呼号和噪声的丛林中，活下去。于是我坐着，喝醉了，[71] 因为没有希望，因为不知道我想在这座城市干什么，因为尚塔尔毫无音讯，而我已开始怀疑一切，包括我的理智。我怎么就能确信，尚塔尔会在日本？怎么就会自作多情地认为，她在暗自等我，她希望我来、把她拥在怀里？我摇了摇头，喝下一大口啤酒。

一个年轻的日本姑娘走过来。深色的齐肩发乱得一塌糊涂。头发下的紫色耳环悬在橙色的绒毛马甲上方。我抓紧高脚凳，观察着她的芭蕾舞裙、蕾丝丝袜和金靴子。

"性感吧？"姑娘咧开嘴笑着。她显然说英语。"能自我介绍一下吗？我是 Abra［阿伯拉］。Abra Cadabra［阿伯拉·卡达伯拉］或是宠物小精灵的那个 Abra。你认识吗？宠物小精灵 Abra？你不认识？你肯定知道！一天睡 18 个小时，能读心。危险来了，它能继续睡着、瞬间移动到安全的地方。你不认识？好吧，无所谓啦。反正就是 Abra。你的名字呢？尤纳？你可真是我的话篓子。嗯？真正的絮叨鬼，尤纳！喝高了吧？在东京很快就会这样。我知道啦，很知道的，相信我。但 Abra 滴酒不沾，你要相信我，我可是认真的！除了啤酒什么都不喝。我能抿一口不？谢啦！"

在她目光中闪烁的，是疯狂吗？她几乎喝光了我的酒，递过来一张传单。

"下次茶教徒活动。你有兴趣来吗？公开告诉你吧。根本不是秘密。我是茶教徒。并且。你震惊了？我本来想当无神论者的。但放弃了。没有节日！我们茶教徒至少每周五都放假。名字就已经说了。不是吗？啊亲爱的抹茶！茶教徒。茶教徒喝茶。有时候也吃一小块米糕。茶教徒也喜欢读茶配方。[72] 正着来反着来。茶教徒知道。因为茶教徒是海盗。和忍者。忍术！嚓！砰！茶教徒不对任何东西说是和阿门。茶教徒对一切说拉面！拉面是一种日本汤面。哈！你知道的，对吧？咱们去吃一碗？是的，茶教徒传播好消息！关于飞翔的茶壶！茶壶！简称飞壶。人人都能体验到飞壶之爱！是的！我们相信，飞壶创造了世界。是的，还在婚姻之前创造出性。我们相信，在婚姻之前，性早就有了。哈！聪明吧？我们信仰天！天上有清酒火山和脱衣舞工厂。有许多裸体的人。是的！我们知道，所有进化论的线索都是飞壶故意放出来的。哈！它想以此迷惑人类！聪明吧？我们知道，气候变暖和所有自然灾害的唯一原因是，19 世纪初以来喝茶的海盗数量急剧下降。是能以经验证明的。因为海盗们很酷！去他妈的进化！赞美你啊，茶壶！抹茶神伟大！上船！上船！你可知道，脱衣舞能追溯到莎乐美？你知道了！莎乐美！在大希律王面前跳舞。脱下世俗存在的七层面纱。然后喝了壶绿茶。为了让诸神慈悲。铃响了？没有？那就是年度饮料。啊，无所谓！一切抹茶与你同在？是什么让你如此？什么？啊，亲爱的茶壶！不想要未来？遗憾！你知道。反正办不到。人人都会说：我不想要未来。不吸烟。不喝酒。哈！必须驱魔！驱魔！否则就赶不走，未来。没机会。只有制裁和揭发，相信我！必须手段强硬！铁拳！不是吗？毁灭！最终驱除清晨！唯一的机会！名誉担保。着魔！你知道吗，人只会对他们原本害怕的东西着魔。就像我。完全着了飞壶的魔。我对它有满满一壶恐惧！确实！别那么看我！[73] 可是一旦它们没了，清晨或茶壶！抹茶咯！没救了。自由落体！你明白么？不确定！没有保障！完了！结束！Abra Cadabra！"

27

是烘豆子和新煮咖啡的味道，是尚有烤箱余温的面包，是清晨和启程去往远方。一位优雅的先生，白胡须，黑色宽框眼镜，睁大眼睛、专心致志地读着他的报纸；两个恋爱的朋克，疲惫而冷静，彼此依偎，就像靠热饮取暖；一个商人，推着箱子穿过咖啡厅的狭窄空间，略略犹豫后，倒在椅子里，精疲力竭地松开领带，呼出一口气，好像几年来首次如此。杯子的撞击和车站的公告淹没爵士。外面有狗嘶哑地狂吠。娜塔莎·佩特拉科娃点了一份蛋饼，一块蛋糕，两份浓缩咖啡。

"抱歉。我想我饥肠辘辘的胃今天早上4点就已经吵醒了卧铺里的其他乘客。"

她又给我展开她孩子气的微笑，我欣然接受。

"我认为，与您谈话对尚塔尔不公平，"她开口了。声音轻而薄。像窸窸窣窣的纸。为听得更清楚，我向前倾了倾身。"更别说，作为研究所的同事，我有义务对某些事情保持沉默。"

不知怎么回事，我可能正在颤抖的手撞倒了我的水杯，液体倾流桌面，顺桌角流到地面。

"太尴尬了！对不起。"

[74] 我试着，慌忙地，用几张纸巾吸水。娜塔莎·佩特拉科娃似乎浑然不觉。

"我愿意把我所知的一切都讲给您听，因为我有理由猜测，再不会有谁比您更亲近尚塔尔。至少她提过您一两次。多于其他人的一两次。反正我知道，不，我相信，也就是说，我感觉到这很重要。对您的确重要，是吗？我们一起做气候模型，日复一日。在同一个房间里，度过了无数个小时，两年多。她在窗边左角的写字台上，为冰雪的融化建模，我在对面靠墙的另一张写字台上，为鱼的生存状态建模。冰，雪，鱼。尚塔尔说我们的办公室是北极之海。"佩特拉科娃吃了几大口的蛋饼，狼吞虎咽地吞下。像鱼。"尚塔尔和您说过吗？去年？在研究所？大概不会。没有？我也不奇怪。您知道，尚塔尔从未提起她的过去，或是她工作之外的生活。唉，尚塔尔根本不说。其实我并不认识她。我不了解她。或者，就像我对金鱼的了解，那条在我旁边、北极之海的玻璃缸里游泳的鱼，尚塔尔叫它哥白尼。"

我喜欢她。我喜欢她的名字。我喜欢她注视的方式。她纸一般的声音。如果我是尚塔尔，我想，我也想要她。

"鱼不笨，只是沉默得太顽固。可她也刚好不合群。尚塔尔不太懂人情世故，您认为呢？我认为她是个精神上的隐士，什么都不需要。没有朋友。没有男人。谁都不需要。她有父母吗？亲人？孩子？我不知道。您知道吗？或者她是在某个美好的春天的早上从天上掉下来的？是的，大概就是如此。小公主，来自某颗特殊的星星。她在研究所也没有人际往来。除了和我有接触。也是在很久很久之后。[75] 她不在乎。我认为。或者不是？尚塔尔孤独吗？谁知道？也许是您，给了她一个人生存所需的温暖？原谅我的轻率。不论如何。在同事之间，尚塔尔出了名的沉默。还有什么？气候研究的达达主义者。复杂性的辩护士。他们这样说尚塔尔。那不是亲切的昵称。请您相信我。是刻薄，毒药。没别的。竞争和嫉妒。科学生涯不需要其他东西。但那是另一码事了。我想说的只是：尚塔尔讨好每个人的热情很有限。"娜塔莎·佩特拉科娃笑起来。她一口喝光咖啡，又点了一杯。"最初我以为尚塔尔是一个在更年期里的阴郁女人，是个平庸的思考者。也许还有点什么别的。不是吗？她有很好的思想。很特别的思想。就算吧。抱歉。我甚至有点同情她。她整夜耗在研究所，也没比那些只用她一半时间工作的人有什么实质性进展。我又能怎么看？磨蹭。坏品质。在那些日子里。渐渐地，我才开始明白，她到底在做什么。您有权谴责我。我承认，我越界了。不管怎么说，我的确翻看了她的写字台，她的电脑。莫不如不看。结果，尚塔尔只把极少的时间用在她真正的工作上。我应该怎么看？您会怎么想？我承认，这伤害了我。我感觉自己受骗了，作为人，作为日复一日在她身边工作的科学家。她在那，我在这。这是种约定。有几个星期，我加入了其他人，一起吃午饭时我骂尚塔尔是个自以为是的分裂者，并且放声大笑。这是解脱。随便您怎么想。她反正看起来无所谓。她继续工作，对整件事只字不提，好像什么都没发生过。［76］这让我更生她的气。然后，在某个脆弱的瞬间，您别说我错了，我自己也知道，再也无法改变了。我对一个同事讲了我的发现。您可以认为我怯弱、卑劣。我不怪您。对于尚塔尔，这意味着没完没了的麻烦。她被要求谈话，最后被开除了。"

28

"我看到你在月亮人身边。"日本姑娘说。

"什么?"

"月亮人!在多孔的卫星上长大,某个美好的一天来到地球,疯狂爱上了一个日本女人,发生在他身上的事。着魔,你知道吗?他再也离不开她。幸福,极其幸福。直到那个女人有一天死了。被闪电击中?被车轧死?被癌症吞噬?从高楼上跳下来?谁知道呢?他不说。从此以后那个月亮人就搁浅在这儿。在地球上。回不去了。悲伤吧,是不?生活在银座的一个公园里。他成了我的好朋友。你给他拍照了。"

我想了想。

"那个流浪汉?"

"月亮人!"

"你也在那?"

日本姑娘笑了。那是很友好的笑,毫无戒备。我脑子里嗡嗡作响。有点无助地四下看了看。人们在看着我们。酒保示意我,这个女人精神不正常。

"真受不了!可悲!你比我想的还惨。急需一点乐子,尤纳。一丝疯狂![77]连脾气最坏的人也不会怎么样,相信我。小肚鸡肠，满腹牢骚！对，说的就是你！别怕，你犯不着甩掉那个忧郁的小丫头。就留着吧。特别配你！是的！真的。太棒了！嘴角再往下一点。再一点。再一点。这样挺好！我能拍照吗？"她从口袋里拿出手机——"哭一哭！"按下了快门。

"你遇见我，可以说是幸运。Abra，睡觉时也能瞬间转移的宠物小精灵，能立刻睡着。我是说：不是讨厌你。但我们应该瞬间移开吗？Abra Cadabra，然后，噗通！魔法！进入仙境，没人认识的公主！你比之前还痛苦。看着吧。会有一场灾难。我刚才是看到微笑了吗？"

果然：我笑了。

"你知道你缺什么吗？你知道吗？不？我来告诉你：我！"

Abra 转了个圈。

29

娜塔莎·佩特拉科娃呷一口咖啡。她比之前声音更轻。我继续前倾，离她更近，为了不错过一个词。

"研究所领导强迫尚塔尔公开她在干什么。他们很不安，担心研究所的可靠声誉。您知道的，尤纳，我能这样称呼您吗？您知道，有些圈子多么处心积虑地抹黑气候研究。尚塔尔很顽固。拒绝回答。有人用法律程序威胁。我试图调解。没有成功。尚塔尔不再与我说话了。好的。我理解。最后她放弃了，对领导公开了一切。"

我看了看眼前的菜谱，迅速浏览了烈酒单。

"什么，佩特拉科娃女士？她公开了什么？"

[78] "我想，是从哥本哈根开始的。您知道气候峰会吧？一场动物大会。世界首脑集聚，探讨人类的命运。迹象很好。奥巴马的第一个任期，理智之兆。巴西、中国、印度愿意对话。我们之中有许多人的确相信，真的会推动什么。虽然天寒地冻，还是有一大批人聚集到哥本哈根抗议。我们抱有希望。您明白吗？连尚塔尔也出席了，您一定知道的，作为极端的旁观者。难以置信，不是吗？我不知道，是什么让她去往哥本哈根。毕竟，尚塔尔始终怀疑政治。不仅如此。对于那种科学家负有社会责任的论调，她只是轻蔑地笑

笑。敏感时刻可能是腼腆地摇摇头。有一次她生气地对我解释说，科学在繁乱的政治领域输不起。它在这迷宫般的泥沼地里没有出路，只会陷入绝境和歧途。气候专家们是政治外行，他们已多次证明了这一点，最好远离这个注定让他们垮台的是非之地。诸如此类。蔑视和鄙夷。对于那些想要感动什么、一味曝光自己、在她看来无非是在拼命争取媒体聚光灯的人，尚塔尔也一样嗤之以鼻。有一次她甚至攻击了我们研究所的首席研究员。为什么？尚塔尔认为，他在一次报纸访谈中把复杂关系简单化了，因此，如她所言，败给了媒体虚张声势的逻辑。事情闹得很大。不论如何。尚塔尔去了哥本哈根。您别问怎么到了这一步。我应该说什么？哥本哈根是一场灾难。戈尔迪之结没有解开。人们把车开到了墙上。还能如何？尚塔尔请了一个星期病假。我想，她受不了了。那时候您在她身边吗？她到底有没有对您讲过？［79］没有？尚塔尔貌似又好起来后，我们在她家里喝光了两瓶红酒。她破口大骂。她说，我们现在经历的，是在教会打压哥白尼的世界观之后，科学所遭受的最严重的攻击。近代反科学的是基督教，因为它怕利益受损。今天，是经济，出于相同的原因。我们在一个反启蒙的、粉饰太平的时期，一个蒙昧的年代。尚塔尔喝醉了。她跪倒在地，模仿受酷刑和死亡威胁的伽利略在宗教裁判所陈词：'本人伽利略，跪于基督世界至尊至敬之主教与总裁决诸大人前发誓：过去一直信、现在信、将来也愿在神助下信，神圣的天主教及使徒教会所认可为真、所传布及教诲的一切。所以我发誓，弃绝、诅咒、憎恶我曾提出的谬误和邪说。'"

娜塔莎·佩特拉科娃亢奋地笑起来。我焦躁不安。

"您为什么给我讲这些，佩特拉科娃女士？"

她没说话。把叉子上正要送进嘴巴里的蛋糕重新放回盘子。撅起她涂红的嘴唇，皱了皱额头。

"您说得对。抱歉。"稍稍停了一下，"起码我相信，是从那时候开始的。我相信，尚塔尔转向了内心，她心里有什么东西折断、碎了。我不知道。您知道吗？我在她的电脑里找到了文本，没有尽头的文本。她写作。她一直在写。她停下了建模，反而去写作。您别问我写了什么。我的法语很差，我几乎看不懂。我在文本里好几次看到您的名字。"

"我的名字？"

我声音很大。太大了。佩特拉科娃耸耸肩。我们周围的桌子突然安静下来。人们看了过来。

[80]"是。您的名字。"

她低下头，拿起咖啡杯，喝一口，发现已经空了，又把它放回到桌上。

"有一天早上，尚塔尔来到研究所，走进北极之海。我从来没见过那样子的她。怎么说呢？尚塔尔哭了。她站在那里，微微垂着头，一动不动，以那种不可思议的目光，哭了。尚塔尔，这个超凡脱俗的人，这个几乎引逗不出情绪的女人，竟像个小孩子一样。抽噎着。我坐在办公桌旁，愣了。无助。羞惭。您知道那是什么感觉吗？我笨拙地问她，怎么了。她默默地玩了一会儿鱼，重新平静下来，转身走了。"

佩特拉科娃看了看表。招呼侍者算账。

"我找到她的时候，她在清理住处。我问她作何打算。她说要去法国看她的父亲，那边有事情要处理。然后再看。此后我再也没有听说过她的消息。"

火车早已开走，把娜塔莎·佩特拉科娃载往萨格勒布，很久之后，我仍在站台上，盯着铁轨。我的思绪找不到停靠之处，既不在我心里，也不在轨道规则的几何形状上。我冻僵了。慢慢地回了家。

30

　　我只见过一次尚塔尔哭。那是个暮夏之夜，她凭空出现，按响门铃，在消失许多天后，突然而意外地站在我的门前，一言不发，我根本没想到她还在城里，以为她早已远走。我打开门，尚塔尔站在那，苍白，颤抖，[81] 好像冻僵了，她盯住我，一动不动，用涣散的目光看着，径直向前倒入我怀中，大哭起来，她如释重负地抽噎，震摇着她的整个身体。我们就那样站着，敞开门，半在走廊，半在客厅，紧紧相拥、相缠，仿佛从未变过，然而，一旦突然从时空抛出，尚塔尔就再也停不下来，她头枕着我的肩膀，低沉而绝望地呜咽。好了。好了。她突如其来的丢盔卸甲让我不知所措，几乎说不出，她的悲伤在何处结束，我的幸福从何处开始。我不知道，这样站了多久，直至我们小心地微微松开拥抱，走入室内，锁上门，一刻也不曾分离。对不起，尚塔尔说，很抱歉以这种状态出现在这里。我们侧躺在床上，没有脱衣，我从后面抱住尚塔尔，搂住她，紧紧地。你在。你在。我们就这样睡着了。

　　几个小时后，凌晨，太阳升起前，我被尚塔尔的吻唤醒。她看着我，用平静下来的、温存的目光，说："尤纳。"她再未说话，我也不去追问。

31

"喂?!"

不是说话，更像咆哮。一种意在斥责的嘶哑低吼，听似应答，实则是喉中轰隆而出的对世界的拒绝。

"您好，布兰查德先生。很高兴，您……"

接下来是一声长音。他挂了电话。

即使耶尔有若干个布兰查德，也不难找出尚塔尔父亲的号码。[82] 可是让这位老布兰查德先生接电话就难得多了。我打了十几次，不同日子、不同时段，最后几乎放弃尝试，想把这一切当作愚蠢的主意忘掉，这时，终于有人接了电话，几句话之后却又挂断。这吓不退我。我突然兴奋起来，相信靠近了尚塔尔，以为把什么东西抓到了手中，哪怕至今只有一声什么都没说的咆哮。我继续努力。我甚至怀疑，耶尔的那部电话已经几年或十几年无人使用，直至不久前，人们甚至忘记了它的存在。我想象它布满尘土。一部深色的老式电话，听筒沉重，拨号盘咔嗒咔嗒地响着。

尚塔尔只提过一次她的父亲，就像说起某个早已死去的人。她的确让我以为，她的父亲在很久以前去世，而这是她迄今生命中最好的一件事情。当时她说，她与祖辈没有丝毫的共同点。现在我却发现，两人比她所愿的更为相近。

"您想把我送进坟里去吗，小子？到底什么时候您才会停止骚扰我？"

"非常抱歉，布兰查德先生，我是尤纳·尤纳斯，尚塔尔的一个朋友。"

"您说的是我女儿。"

我大吃一惊。

"尚塔尔在您那里吗？"

"上帝保佑！她走了！"

接下来是剧烈的干咳。

"布兰查德先生，您知道，我能在哪找到尚塔尔吗？"

"嗯。"

"……"

[83]"……"

"是？您可愿意透露给我，在哪？"

"日本。"

"日本？尚塔尔在日本做什么？"

"您别烦我，小子！我怎么会知道？"

"您确定吗？"

又是那种嘶吼，低沉，沙哑。

"是。"

然后他挂了。

32

消失 2011/07/01 03：43

我需要你们的帮助。

我闺蜜的日本老公，和她吵架后失踪了。一周前他开车去了京都，没带钱包。此后就再也没有人见过他。

我的朋友去过警察局，那边有人告诉她，没有法院命令，就不可能定位他的手机。人们有权消失……我的意思是，他没带钱包，也就是说，如果他没有私密账户之类，就不可能弄到钱。

真的需要法院下令吗？有人就这么消失了，即使不是诡异，在我看来也有点夸张。

感谢任何信息。

寻人者（访客）

[84] 回复：消失 2011/07/01 19：07

寻人者，

我虽然不是律师或什么警局专家，但只要失踪时没有可疑状况——比如血迹或自杀的危险，我无法想象警察会对此感兴趣。我估计，如果你的朋友担心他，就应该请私人侦探调查。他没有朋友吗？家人？

George 43 （访客）

评论此回复

回复：消失 2011/07/01 20：31

我知道你的感受。每年日本有许多人失踪。债务，解雇，绩效压力，婚姻破裂，刁难，疾病，社会阶层下降。理由太多了。我的哥哥失踪了 5 年。最初难以忍受，因为真不能理解。我也抑郁了很久，甚至想自杀。可现在，我慢慢与这件事和解了。我相信，他想要离开，我接受了。我确信他还在某处活着。不知道在哪，叫什么名字，和谁在一起。然而不知为何，我感到他现在很幸福，比之前在我们这个混蛋家里好得多。

抬起头吧！大多数人还是会出现的。

Birdybird （访客）

评论此回复

[85] 回复：消失 2011/07/01 20：31

我必须说，我认为可以接受。你写的是一个年龄足以结婚的成人，他吵过架，开车离开，不再接电话。一个星期完全有可能生存，他也有权拥有私人领域。别人能帮他，他也可以工作。

你的朋友可以申请法院处理。或者去公共机构咨询。我认识一些人，他们一直寻找、打电话，没有联系本人，最后也找到了失踪者的居留处。或者他们找遍停尸房，直到被找的人某一天再次现身。有个女人，每年都收到失踪的丈夫寄来的圣诞卡，直到一个朋友偶然在火车上看见他。

大警察局可能没什么兴趣，但地方小警亭的警察总是很友好，愿意协助，他们会和你聊一聊，让你感觉好一点。至少在我找人的时候是这样的。我希望他会很快回来。在此期间你或许应该帮帮你的朋友。

鱼 888（访客）

评论此回复

回复：消失 2011/07/01 20：59

嗨！在失踪者找一找吧——你在那能找到私家侦探的信息和失踪人群的网络。

明子（访客）

评论此回复

[86] 回复：消失 2011/08/01 20：22

感谢你们的回复。

仍没有任何消息。日子一天天过去，越来越不可能是自杀。他杀也不太可能。很难理解，他真的会自愿消失。他有孩子，很好的工作，没有情人，没有债务——至少据我们所知。朋友、同事和家庭，全都困惑不已。我们都震惊了。

我尽力支持她（［译按］"她"指失踪者的太太，即"我"的闺蜜。）

再次感谢。

寻人者（访客）

评论此回复

回复：消失 2011/11/01 16：01

他出现了。

可惜死了。

看起来，即使警察提供更多帮助，也救不了他的命。真是浪费！

对寻找下落不明者的法律问题，我仍然不懂。然而无所谓了。

寻人者（访客）

评论此回复

33

我在失踪论坛里读了很久。不知何时，我放弃了，仍躺在酒店床上，婴儿般蜷缩着，一动不动，只有手指放在遥控器上，[87] 起起落落，随机调换着频道，以始终相同的、间隔几秒的节奏。直到某一刻，连这个动作也无法继续，任凭某个音乐频道播放下去，愣愣地盯着窗外的暗夜。我不知道这样躺了多久，直到一首歌把我从恍惚中唤醒，带回世界。是一段音乐视频。波莉·简·哈维（P. J. Harvey）。红唇，红衣，空荡荡的剧院舞台。她在金丝带，波尔多红毯，气球和水晶灯之间跳舞，随着电子琴的嗡嗡嘤嘤。她站在那里，唱着，毋宁是说出大段的词，迷离而遥远，仿佛在听一张转得太慢的手摇唱片。

I remember when I was a girl

Our house caught on fire

And I'll never forget the look on my father's face

As he gathered me in his arms

And raced to the burning Building out on the pavement.

And I stood there shivering

And Watched the whole world go up in flames

And when it was all over

I said to myself,

"Is that all there is to a fire?"

Is that all there is?

Is that all there is?

If that's all there is, my friends, then let's keep dancing

Let's break out the booze and have a ball

If that's all there is

And when I was 12 years old

My Daddy took me to the circus

[88] The greatest show on earth.

And there were clowns

And elephants

Dancing bears,

And a beautiful lady in pink tights flew high above our heads

And as I sat there watching

I had the feeling that something was missing.

I don't know what

but when it was all over

I said to myself

"Is that all there is to the circus?"

Is that all there is?

Is that all there is?

If that's all there is, my friends, then let's keep dancing

Let's break out the booze and have a ball

If that's all there is

And then I fell in love,

With the most wonderful boy in the world

We would take long walks by the river

Or just sit for hours gazing into each other's eyes.

We were so very much in love.

And then one day

he went away

And I thought I'd die

But I didn't

And when I didn't

I said to myself

"Is that all there is to love?"

34

[89] 我不知何时睡着了。电话把我从可怕的梦里撕扯出来。

"你好？"

"尤纳，你必须来！紧急情况。立刻！"

"你是谁？"

"我是谁？Abra！"

"Abra？去哪？怎么了？几点了？"

一片漆黑。我打着哈欠，裹着毯子，拉开窗帘。月亮垂临地平线。那么低，那么大，那么近地悬于万物之上，好像能随时擦过楼顶，随后把整座东京城埋入身下。我立刻屏住呼吸，月亮显得太不真实了。我刹那间被这画面勾魂摄魄。那渗着暗影的银光。似乎毫无障碍地穿透皮肤，射入我体内。

"尤纳？你在吗？你听到了吗？你必须去上野！快点，好吗？很急！3，2，1，起飞！我求求你！"

我摇摇头，为了让自己醒来，赶走梦。

"你看到月亮了吗，Abra？"

"月亮？尤纳，以后再说吧！快来！"

"怎么了？"

"以后我再给你解释。上野站，JR线。我在主出口前等你。"

"半夜三更，根本不开啊。"

"是啊！真是的，尤纳！那就叫出租！"

我打开灯。眼睛，吃了一惊，眯起来，流出泪。

凌晨 3 点。走出去的时候，我瑟瑟发抖。空气冰冷，呼吸在面前形成微雾，刚一出现，就又散掉。[90] 两个醉汉从卡拉 OK 酒吧里晃出来。开门的瞬间，一首日语流行歌的旋律冲到街上，空洞、刺耳，从几个人的喉咙里嘶吼而出。我小心地四下看了看。月亮不见了。

出租车门自动打开，仿佛幽灵的手。司机穿着黑色套装和白手套。他脸上没有任何表情。

"上野站。JR 线。"

全程我都无法从月色上移开目光，巨大的冰轮在城市上空阴森飘荡，反复出现在一排排房屋间、楼顶、树木中、红绿灯上，被密集的电线丛切碎，或反照入窗面、玻璃墙、小沟渠的水上。细细的银纹和薄雾移至环形山冷白的月华前。墨色夜空似乎微光闪烁。

那是几年前，一次在卡尼施阿尔卑斯山间历时数日的徒步中，我们，尚塔尔和我，曾在弗留利–威尼斯朱利亚地区与克恩滕州之间的山脊上，看见过如此巨型的月亮。我们距离近亚得里亚区域断裂带不远，当时尚塔尔对我解释说，那是欧亚大陆和非洲大陆板块相撞而成的地质断层。我们已在史前风景中走了两天，5 亿年前，此处最古老的石头曾埋藏在地球另一侧，在那片已存在了数百万年的深海海底，居住在海洋中的微生物、墨鱼、三叶虫和蜗牛的骨骼以及贝壳在其上一层层地沉积、化石化。尚塔尔当时神采奕奕地告诉我，约 2.7 亿年前，大陆板块飘过赤道，[91] 一度繁密的珊瑚礁化石以及当时在海岸上由灼烫荒沙形成的红色板岩至今仍能为此提供证据，最终，在新生代，在北纬区一处后来将被人们称作欧罗巴的地方，今天的阿尔卑斯山渐渐隆起、展开、被冰川包裹和打磨。我们就这样走过地球历史的陈尸馆，在拔地而起数百米的石灰岩、幽深的洞穴、山谷和罅隙、瀑布、山中湖泊间穿梭，攀爬着一条 20 世纪才出现的栈道，因为一战期间奥地利、意大利和德意志帝国同盟破裂，残酷的山区战争由此爆发，而无数攀岩装置、星罗棋布的防御沟、掩体、掏空的山洞和士兵公墓仍对此记忆犹新。月亮停在冰谷（Eiskar）上空。这条曾凝冻着历史档案的阿尔卑斯冰河，如今正在地球变暖导致的冰体融化中一点点地背叛着过往。所以，我们途中偶遇的一位山中导游说，过去 10 年，人们在高耸于奥地利和意大利之间的阿尔卑斯山中找到了无数曾埋在冰雪之下的枪支弹药，甚至坠毁的飞机、缆索、侦察掩体，当然，还有士兵的尸体，自一战以来，它们就在冰川的保护之下，有的甚至封存了 100 多年。尚塔尔和我，我们裹在毯子里，在过夜的山间小屋前相依而立，眺望着冰谷和那轮在冰河上空升起的清朗阔月，感觉到某些地质时代不可说的浩瀚与深邃，感觉到我们在自行绽放了几十亿年的宇宙前的渺小和虚无——却也欣喜若狂：作为天地的一部分，作为静默于其间的爱人。

[92] 看到这震慑人心的月亮和高山特有的澄澈夜空，尚塔尔从沉默状态陷入滔滔不绝，她于是对我讲起月亮错觉的现象。那是个至今尚未彻底得解的人类感知之谜，千百年来，亚里士多德、托勒密、达·芬奇、开普勒、笛卡尔等思想家都曾为此徒然地绞尽脑汁。尚塔尔当时解释说，在人眼看来，地平线上静止或升落的月亮似乎远大于茕茕散立于星空中的它。可一旦目光被镶上边框，这种视错觉就会立刻消失，比如说，如果透过握成筒状的拳头，或弯下腰、透过自己的双腿去观察天体。（戏谑的尚塔尔兴致勃勃讲给我听，想到那一刻，我幸福起来。）如此去看，月亮猛然缩小，不是还原到其真正的透视尺寸，而是变成更可信的错觉。站在扁平苍穹天际线上的超级月亮只是我们大脑的错误计算，彼时在卡尼施峰顶，尚塔尔说，这个脑，一心只想杜撰出一些可能为真且对生存有用的知觉数据的组合，而不是去计算它们。尽管我们认为，我们的所见是客观之实。可恰恰相反，尚塔尔总结说，它无非只是漂亮的、必要的谎言。

出租车载我穿过东京，我坐在车里看月亮，有时用肉眼，有时透过相机的镜头。从物镜中看到的天体不再庞大，它毫无威力，显得孱弱而遥远。无法用相机捕捉这令人迷醉的画面，我有点生气。

[93] 司机清了清嗓子。我抬头看去。Abra 就在窗前，做着鬼脸。

"哆啦 A 梦，帮帮我！你可终于到了！"她大喊着，抓起我的手就走。"耽搁了好久！"

我注意到她恼怒的语气，但决定不管它。

"怎么了？你出了什么事？"我问。

Abra 一言不发。她太沉默，与我们首次相遇时的聒噪同样过分。她不说话，紧紧抓住我的手，大步走入空无人迹的巷子，惨淡灯光下一排排低矮的房屋和拉下的卷帘门显得颇有些荒凉。她的手很冷。她像个迷路的孩子，紧张地牵着我的手，把我拖在身后。我们去哪？我到底要在这做什么？某一刻，我站住了。

"听着，我们不认识。你半夜把我叫醒，约我到城市的另一头，却不告诉我任何理由。现在你不说话，反而把我拉到这个鬼知道在哪里的地方，我认为我有权知道这里发生了什么！"

Abra 呆住似的站在我面前，好像我刚把能想到的最卑劣的东西砸在她头上。她猛然转身，大步跑开。

"才不是！"她嚷着，在一个角落后面消失了。

我究竟在干什么？我迅速望了望月亮，在它冷冽的、让我眩晕的光里。

"Abra，等等！"

她坐在一栋房子的门槛前哭着。我来到她身旁，搂住她的肩膀，虽然还是有点生气。

"他可能已经走了！"她固执地说，用她噙满泪水的眼睛看着我。

"谁？谁走了？"

[94] "我想介绍给你认识的朋友。"

"你想介绍一个朋友给我？那很好呀！"我说。语气听起来很是造作。

"是，他不容易碰上。偶尔才出现。很少。太少了。腼腆的家伙。只有这种夜里。他肯定能帮你。很聪明的家伙，你知道吗？"

她想帮我。仅此而已。

"对不起，"我说，"也许我们还能遇见你的朋友？"

我的话还没完，Abra 就又已经跑在了前面，她一跃而起，好像什么也没发生。

"来啊！"她大喊。"快！走啊，走！"

她拐进一条黑漆漆的窄巷，被高墙围起的路面，连月亮的强光也无法穿透。我犹豫了一下。一切都是黑的。稍远处，我听到 Abra 的脚步，吱嘎吱嘎地踩在湿漉漉的水泥和鹅卵石上。这时，有什么东西擦过我的腿。我一惊，跳到旁边。然后看到一只猫闪闪发光的杏仁眼。她看了我一会儿，又消失在黑暗里。

Abra 抓住我的手。

"哎呀呀！我的天啊！尤纳，超级英雄。最坏也就是怪物吃了我们，或者我们从黑地缝一直掉进地狱里！来吧，就在后面！"

小巷尽头，我们从篱笆上的一个洞钻了进去。缺口边缘松松地刺出来一段铁丝，我的夹克挂在了上面。

"等一下！"我喊。

"天啊啊啊！"Abra 喜不自禁。

现在我才抬起头，看到突然在我们面前展开的合成风景。是一座日本花园，正中有个小池塘，旁边是简朴的[95] 寺庙建筑、石灯笼和几座满覆苔藓的假山，长有小树和灌木丛，一条细细的小径蜿蜒其上。

"这里，小精灵！你需要的。"

Abra 递来一个东西，我起初没有看出是什么。细长，一肘左右，黑乎乎的。武器吗？

"黄瓜？"

"是呀！那他就知道，你是好意了！"

不等我问，Abra 已坐到池塘边，从她鼓囊囊的包里又给自己掏出来一根黄瓜和一瓶水。她用手划过小水池的表面。能听见轻轻的流淌。此外万籁俱寂。没有什么能表明，我们在一个全世界最大的城市里。

"我们晚了。晚了，晚了。"Abra 喃喃地说，"是我呀，小朋友。是我，Abra！"

我坐在池塘岸边，直视着缓缓下降的月亮，感觉自己特别勇敢。仿佛尚塔尔亲自从月面环形山上看下来。一种清冷的安宁开始在我体内蔓延。我向后靠去，就像晒太阳。突然闪过念头：我在晒月亮。于是把自己浸入这奇怪的力量。

35

　　我醒了，赤身裸体，躺在一个年轻人身边，一个日本人。我头痛欲裂，困惑，沮丧，从头到脚塞满模糊的回忆，夜里的画面渐渐在我体内组合起来，却又立刻分崩离析：皮肤、舌头、触摸、[96]威士忌、香烟、避孕套、目光。还有一息残余的轻松，那是当我在随便某个年轻人青涩的身体上发泄出所有淤塞的欲求和渴望时所感到的如释重负，他至少摸得着，在场，真实。我也同时感到涌起的耻辱和恶心。尚塔尔也在这些画面中，一个梦影，似乎站在房间昏暗的角落里旁观着，看我们怎样在彼此身上激荡起欲望。尚塔尔，幽灵般，站了一会儿，我发出的每个声音都让她脸色一变，然后她转身，走了。

　　让我吃惊的是，已经下午了。我试图轻手轻脚地穿衣，不去吵醒陌生人，却找不到内裤，最后发现，它半压在日本人光滑、亮泽的身体下。我轻轻咒骂着自己，费了些力气，才把它解救出来。我看着这个睡梦中赤裸的男人。我根本不在乎他，简直匪夷所思。他与我毫无瓜葛。甚至没有名字。我不知道，我在哪。我不知道，我是否想要知道。窗外的景色展现着高楼，尖塔，玻璃墙，钢筋结构。我在高处。

看到她时，我惊得膝盖一软。Abra。她也赤裸着，睡躺在沙发上。我差点叫出来。残缺。少了什么。膝盖以下，Abra 的右腿不在，一截残肢替代了左臂。我站在这陌生的房子里，呆望她的身体，她纸一般透明的皮肤，淡蓝的小血管，曾经完整过的断肢。两段假体放在地上。我背过身。（离开 Abra，离开我自己，离开全世界。）

[97] 我站在公寓前厅，刚穿好鞋，四处找我的夹克，就在那一刻，它开始了。也许是向我袭来的眩晕，可不是眩晕。我怕会随时失去意识，昏昏睡去。我期待着幽黑，和随后而来的温柔、散淡的梦。可无梦到来。或者它已经开始，而我早已深陷其中。我望向天花板，看见灯晃来晃去，发了疯，突如其来的狂喜。我身边的物在呻吟和扭动中醒来，从僵硬里解冻，抖掉它们的物性和沉沉死气，簌簌震颤，恍若某种沸腾的欲望闯入它们体内，把它们从物的睡眠里叫起、推醒，给它们注射了一剂对世界、对改变视角的欲望，让它们摇晃着、吱吱嘎嘎地动起来，不由自主地，根本没有选择，哆嗦着、跳跃着、降落着，在我眼前，不，与我一同，表演起亢奋的舞蹈。比如架子，先慢慢发抖，然后摇摆起来，最后旋转着跳到我近前，轰隆隆倾倒在地面，离我只差几厘米。兰花花盆、草鞋、旧雨伞、米酒罐、桌、椅、电视、墙上的画、柜子里的餐具和旧茶壶，一切都躁动起来，癫痫般、痴迷般战栗，我不知那是怒还是喜。不，振动的不是我。是我身边的物。是建筑，是整座城市。我跑到窗前，

摔倒，再爬起来，紧靠着墙——突然想到，墙也会塌——向外看去。我看见建筑在跳舞，难以置信地，飘摇摆荡，如风中草茎，忧郁，颓靡，酩酊大醉的城市，狂浪诞妄的世界。

［98］我们得出去，Abra 大喊，抓住我的肩膀。我看了她一眼。她仍然赤裸，又戴上义肢。她的假手活动着，好像复活成焦躁的独立生命。年轻的日本人激动地对 Abra 说了什么。他脸上写满恐惧。我听不懂。他把一个银色的背包塞到我手里。

干什么用？Safety ［安全］，他说。外面响起警笛。

谁在支撑？谁在坚守？倘或更用力地敲打，谁不会破碎？

我拼命拽门，摇晃它或被它摇晃，震动似乎延宕到我体内的最深处，或者，最初就是从那里开始、呈同心圆向世界散布出去。门卡住了，不愿打开。我听见身后年轻人在说话，也许是对我，可听不懂，他从后面碰了碰我的脖子，然后抱住我，颤抖着，好像我们亲密无间，好像这一夜出现了某种远远超越此夜的秘密关联，好像他猜到，我正极度渴望，被人拥抱。可不是他。不是他。他抱紧我。是尚塔尔，尚塔尔抱着我。尚塔尔，她双臂环绕着我，把我拉向她，安全而亲密。终于。周遭的世界消失了。一切都平静下来。阒寂。很好。一瞬间。尚塔尔。我挣脱开，或是地面？门开了，我在楼梯里，踉踉跄跄，左，右，左，跌倒，爬起，继续，继续走，跟在一群从门内涌入走廊的人影身边，他们进了楼梯，全都沉默着，专心致志地努力站稳脚，就像一长队醉鬼，在午夜后的人行道上。

我不知道后来发生了什么。我想，我跌倒了。去了哪？然后呢？接下去，真的黑了。

［99］四周警笛哀号。我不知道，自己怎样走出高楼。一定有人把我抬了出来，虽然始终在震，虽然冒着自己和陌生人一同被埋入塌楼废墟的危险。（楼房何时坍塌？地面何时不再支撑？）几个人弯下腰看我。

"您怎么样？您还好吗？"

"一切正常。非常感谢。"

我躺在池塘边的草地上。在汲汲冲天的玻璃和钢筋结构之间，这是一块小小的绿洲。建筑物在玻璃墙的反照中交叠错落地长入天空，而天空也同样蔓延到建筑里去。这一刻，我明白了，我所在的这个形式世界，不可能被镜像描述。

我闭上眼睛，想摆脱晕眩，却没有成功。那个奇怪的词又出现在脑海，那个尚塔尔不时使用的词，猛然间对我开显成远古的秘密公式：避难所。

我渴望着如此的归处，于是站起来，一边肩上挂着我的包，另一边是日本人的银背囊，开始走出、毋宁说是晃荡出这座不真的花园，来到——如我所希望——真实的、拥挤的街上，摩肩接踵的人们，仿佛被召集至惶然者的聚会，站在那里，排列出神秘的秩序，垂着脑袋，挤在宽阔的广场上，却孤零零地，盯着他们的设备，打字、晃动、将其高举在空中接收信号，或彼此交谈，其实是人人自顾自地，与自己手中的庇护所轻声对话。其他人伫立着，向上仰望，也许沉浸在远古的恐惧中，怕天空砸到脑袋，有些人匆匆穿过人群，恼怒地，冲向某个遥远的目标，［100］许多人单单站着，等着，听着不知从哪个隐蔽角落里传来的声音——也许是天上？——它们盖过警笛，以安抚的语气和我听不懂的话，落到人群上方。一首无意义但提供暗示的歌。我问了一个行人，他给我翻译："离开建筑物，保持冷静。也许会有余震。"他们照办了。我低头看看自己，发觉我在颤抖。虽然我极其平静，甚或感觉到异常的保护。我想，这是因为，外部世界的混乱和震荡如今突然与内心共鸣，一种战栗中和了另一种，使之消隐匿迹。周遭的建筑又摇摆起来，警笛呼号，人们席地而坐或躺倒，彼此紧紧拥抱或抓牢外物，而我，独自，轻轻地，安静地，穿过交通已完全停滞的宽阔大街，几乎是漂浮着，上了几级台阶，走入一个人造公园，在小山上的一块草地中坐下，在一座抽象装置和夕阳中两栋熠熠流光的大厦之间，俯瞰山下静止的舞蹈，摇摆的人们仿佛敛聚成均匀的队形，比如，在咖啡馆的露台上，在无数车道上按一定间隔连串停下的汽车之间，在高架铁轨巨大立柱结构的安全距离以外，他们就那样伫立着，晃荡着，被城市的建筑编排成阵。直至此时，我才注意到对面楼上的大屏幕，它试播着被意识形态美化、以骇人听闻为乐的好莱坞电影中平行上映的灾难，似乎这也在无所不包的排演之中。画面里是哭泣的人，是摧毁的房屋，是不仅卷走汽车、巴士、船舶、房子和桥，也整片整片撕碎大地的骇浪。画面里诡异颤动的大块黑色仿佛挣脱枷锁的怪物，［101］以一种冥顽铺展开的淡漠碾过地球，拖走万物。这一刻，我的确感到惊骇，一种对无度矫造的愤怒，好像真实的灾难从来敌不过媒体的夸张，好像切身的恐怖永远要与想象竞争，后者却总能证明，不论描画幸福，还是细述毁灭，真实都要甘拜下风。有此感受的并不是只有我一个人，因为我现在发觉，其他人也惊慌失措地站在那里，盯住画面，举起有所指的手，或错愕地捂住嘴巴，仿佛在证明，这虚幻的光影效果远比身边摇晃着、停滞了的世界更让他们毛骨悚然。然而，当我在屏幕上看到一个日本女新闻播报员的白色头盔，而我身边、前面、后面、路上的人们也同样戴着它，当那顶白头盔在一次次显示相同画面的屏幕上连续倍增，也散落到围立在我四周的人们头顶，当图像和我周遭的世界竟因此合二为一，在那个颠倒倾覆的瞬间，真实这个词对我轰然崩裂，四散成从所有可想的方向上猝然袭来的眩晕。

当屏幕上的白头盔不但包围着我，也似乎在我内里，当屏幕上必曾是他处之灾的画面变成我内心的灾难，当哭泣的人们果真是哭泣的人们，当毁灭果真是毁灭，那诡异颤动着的、仿佛挣脱枷锁的怪物，以一种冥顽铺展开的淡漠碾过地球，拖走万物的大块黑色，遽然凌空而来，在震耳欲聋的呼啸中吞没我的头顶。

36

[102] 如果愿意醒过来，我就会出去。去我的林中空地。从外祖父母的房子，穿过草地，进入田野，走过横在小溪上的断木，到了废磨坊，从那里进入森林，贴着小山，走180 步，穿过树林，左边是郁郁葱葱的向阳坡，单腿站着转3 圈，跳 11 次，跨过灌木丛。我就到了。

空地正中有一块长满草的石头，大得能让我躺在上面，头枕着软软、刺刺的青苔，它耐心地吸走我的眼泪，还有我的秘密。那是林间甬道，一处敞开的缺口，在那里——几乎还不等它接纳我——世界就真的变了，更疏朗、更安全、更明亮。那里颜色饱和，地面柔软，花儿和蘑菇似乎无忧无虑地生长。它让我忘记消失，忘记我死去的妈妈和她带走的世界：消失的城市、学校，消失的朋友、小巷和游乐场。

37

那是几年前。外祖父刚刚去世，我站在他的房子前，手里拿着一个毫无意义的东西。那是块小木头，或许是木雕，也可能只是从林子里捡回来的小玩意，核桃大小，磨旧了，半球形，布满凹槽，从平的一面稍稍隆起，就像船体。你会认为，它之前有过明确的形状，只是摔碎了，却找不到任何相应的迹象。只是物。本可直接扔掉。［103］扔到那一堆脱离了任何关联的残物上。可我做不到。因为我在地下室找到它，在那个构成我曾祖母全部遗产的、装失禁尿布的细长纸箱里。在一捆信、几本档案、首饰和几张褪色的画旁，它被珍宝般存放在一个有马赛克装饰的小钱夹里。家里没有人能告诉我它是什么。知道的人，已经死了。意义随记忆消失。于是我开始读信，纸泛了黄，极小的潦草字迹已几乎无法辨识。是战争期间曾祖母写给她丈夫的一封信。最亲爱的！我亲爱的！我爱的路德维希！旁边是特雷津发出的死亡通知。我们遗憾地通知您，您的配偶路德维希·J. 于2月3日因肺炎不治而亡。然后我才找到信里那句话。她说：最亲爱的，日日夜夜，我把你的洋葱鱼握在手里祈祷。曾祖父是印刷厂的排字工。在那个行业里，人们把错排成其他字体的字母叫作洋葱鱼，偏差，行文中的小错误。最亲爱的，日日夜夜，我把你的洋葱鱼握在手里祈祷。那个无意义的东西在我手里发生了变化。从纯然的物，变成杂交的木雕，半是洋葱，半是鱼，大概是曾祖父送给他妻子的礼物，对于她，已然是象征，是纪念品，磨旧了，浸透着她手上恐惧的汗。

第二年，我的系列图片《洋葱鱼》在特雷津和布拉格展出。能在展览的宣传册上读到：为留存物的记忆，需要人的操劳。物自身毫无意义。关联消亡，空留余痕。唯有叙事，不断的叙事，对抗着消亡。[104] 当时我就懂了，摄影，是我的叙事形式。无字的叙事。展览开幕那天，我想，我感觉到曾祖父的在场。就好像，他好奇的灵魂，从公墓中升起，为感谢这场艺术的仪式，出现在画廊。

38

You cannot hear anything?

No! I can't.

What is it? Why??

I don't know. Have no idea.

Have you been hurt during the EARTHQUAKE???

No, no. Nothing happened.
I guess...

So strange! When did this start?

Mmh. Maybe two
hours ago or three?

😵

Please help me.
I need a doctor.

I will help you. Calm down. It's your nerves.
That's all. I know a doctor. In a hospital.
He is a good friend.

OK. Thank
you so much.

Don't worry!! 🙂

39

[105] 后来我们坐在医院里等。

她写：我叫美佳子。

我写：我很高兴，美佳子。我叫尤纳。

她写：尤纳，你好吗？

我写：美佳子，自从你出现，我就好了。

她微笑，我温暖起来。

我写：美佳子，我不知道该怎么感谢你。

她写：没问题的。

我写：你不需要留在我身边，美佳子。一定还有人在等着你。

她写：我想，没有人在等我。

她垂下目光。

我写：美佳子，你好吗？

她写：谢谢，自从你出现，我就好了。

我们笑了。

美佳子试着给她的朋友打电话，他是一位在附近大学的校医院里工作的医生，可不通。电话网断了。她握着我的手——用她小而温暖的手紧紧握住我的——带我穿过城市，就好像我不仅听不见，也看不见。世界如此静寂，如一排无穷尽的画面，与我擦肩而过，起初我还，绝望地，试图在心里记住它们，可渐渐地，我的确闭上了眼睛，盲目跟着她，放下一切，任凭眼泪滑落脸颊，可这一次，并非万念俱灰，反而出于一种奇特的、最初我几乎无法理解的幸福。又是美佳子的手。她用一块印有精美日本图案的布，抹过我的脸，擦干了它。我羞愧不已。我站在那里，一个 30 岁的成年男人，让人擦干眼泪。听天由命。［106］我如此渴望支撑，一感到美佳子对我体贴的温暖，就瞬间瘫倒，让自己被她接住，像个被捡的孩子。美佳子对我笑了。我也对她笑着，尴尬地垂下目光。

医院里全是人。我们乘长长的滚梯上楼，螺旋状绕了几圈，在楼层、大厅、闸门和走廊间穿行迷宫般的建筑，经过等待的人们，经过轮椅上虚弱的老人，经过沉疴难愈的患者，经过一个个躺在病床上或穿着睡衣及宽大罩衫在房间里游荡的身影。美佳子时不时停下来问询，有时在信息台，有时问匆匆路过的护士。没有她，我该怎么办？

最后找到高野先生时，他很亲切地与我们打招呼。美佳子先和他走到一旁，离开我，好像我还能听到或听懂。我站着，听入自己。静寂，充满幻想的嘈嘈切切。梦之音，整片整片的风景，都是从我记忆里回荡出的声响。我偶或抬头看向他们。高野先生皱起前额，眉头紧蹙。他那样迅速看了我一眼，我一惊，转过身去。在一间敞开的病房里，我看见两个孩子，玩着小小的绿色机器人。他正方形的脑袋机械地闪烁、摇摆。孩子笑了，小手捂住嘴巴。高野先生向我走来时，脸上已没有任何表情。他鞠了一躬，我也照做。

40

昨夜的记忆渐渐回来了，犹犹豫豫，碎片，诡异的插曲、画面和句子。[107]……我坐在银光烁烁的日式花园里，看着降落的、迷住我的月亮，我陷在草里，晒月亮……

在这一点上，记忆中断了。

……Ero guro！是缩写。Ero guro nansensu！没想到吧，哈？什么意思？ero，色情。guro，怪诞。nansensu，胡说八道！很好，是不？我认为好。怎么会？根本不知道三个里最喜欢谁。可混合起来！我们日本人20年代就知道了。那是怎样的年月啊！大正时代。有个脑子不太正常的天皇。几颗螺丝松了。自顾自地胡说八道。怎么会？对艺术好。对生活也好！阴郁的尤纳和20年代万岁！我总是说，复兴的巅峰时代。Ero guro。你就缺这个！……

……在 Abra 乱七八糟的微型居住胶囊里，到处都堆满书、唱片、吉祥物、日式面具、布偶、裸体画、娃娃和其他稀奇古怪的玩意。墙上挂着一具硕大的鹿角。我选了她的一件连衣裙，简单，宽大，有版画图案，开始了我的变形记。Abra 放不开我的头发。白金色发！就像小精灵！和小精灵一模一样！她梳理头发，我则在腿上套着丝袜。睫毛膏、眼影、眼线、口红、唇釉——完成变形。Abra 再也安静不下来，一直喊我辛德瑞拉，因为我的脚实在……

……什么？法国女人？没问题！法国女人多的像锅里的面条！每个角落都找得到，有嚼头，是真不错。美味！精品！你跟着来就行。我知道一些有用的东西。什么？你犹豫了？现在是认真的？算啦，走吧。来啊。还有香槟呢。当然。我就知道，我们懂对方……

[108] ……一栋多层的房子，我们乘老电梯上去。走出电梯，到了一个光线很差的小房间。墙上挂着镶金边的画，文艺复兴风格的小天使，圆滚滚、长着白翅膀，小桌子上摆着塑料玫瑰、枝形烛台和俗气的瓷塑像。我迟疑了。房间另一边的门打开，一个男人仿佛从另一个世界里走出来，燕尾服，打领带，白手套，头发梳得整整齐齐，一只手臂背到身后，另一只以优雅的姿势放在腹前。他鞠躬。用标准的英国腔说：欢迎莅临，尊贵的公主！……

……什么？

赛博格！

你是什么？

赛博格！……

……欢迎莅临，尊贵的公主！穿燕尾服的男人深鞠一躬后，直起身，把我们带入门后内室，一个装潢极其古怪的世界，穿过时空窗，进入维多利亚时期的卧房：水晶灯，蕾丝窗帘，艺术木雕装饰的桌子，卧式沙发，包有洛可可风格织物的椅子，织金的枕头，屏风，瓷塑像，花环，繁复的画作，金边镜子及其他种种精致的饰品。除了简朴和品味，一应俱全。在一间更大的厅堂里摆有许多桌子，另外还有几个包间，沙龙和包间都是满的，一个个尴尬的日本女人伴着烛光坐在里面，她们无疑来自这个世纪，默不作声或吃吃笑着，任凭一群忙忙碌碌、围立身旁的欧洲侍者大献殷勤。别像个要死的宠物蛋一样好不好，来吧，嗯？［109］Abra 把我拉入一个包间。我竟难以置信地随她摆弄。侍者从桌边推来一把奢华的扶手椅，她坐进去，摇响一只用金托盘递来的小铜铃。房内所有侍者都大喊，为您效劳，美丽的公主！他们甚至暂停下来，稍稍偏过头，用谦恭的目光看向 Abra，香槟！……

……什么？

Furīku［怪胎］！

我给她讲了很多尚塔尔。我讲了为什么在日本。Abra

说我是个 *Furīku*——怪胎。

你知道你是什么吗，尤纳？不？*Furīku*！不可思议！

很可能，她是对的。

……为您效劳，美丽的公主！四面八方端来了杯子、香槟和菜肴，我环顾四周，看见或老或少、独坐桌边啜着鸡尾酒或尴尬地拨弄着沙拉的女人，几乎不敢抬眼、一旦被侍者搭讪就红了脸的女人，让自己被斟酒、被赞赏的女人，我感觉，她们贪婪地渴望着每一点关注——哪怕花费如此昂贵，让人为自己戴上公主皇冠、手中塞入烟花或手指套上塑料戒指的老练的女人，蒙着眼睛、学着低声念出咒语的女人，然后——奇迹！——在面前找到一只有她签名的盘子，怦怦心跳着卷入小对话的女人——您离开过日本吗，我的公主？您最爱的国家是哪里，我的公主？您最喜欢的颜色？您猜猜，我来自哪里，我的公主？——显然花了很多钱、与她们喜欢的侍者拍照的女人［110］——挑逗的、卖弄风情的游戏：选模特！——忸怩而兴奋地摆姿势——尊贵的殿下，您有着世界上最娇嫩的皮肤！——只要钱够多——比如几张桌子后一个病恹恹的老女人，点了特供菜单，就会被一群跪着的侍者欢呼着服务的女人——亲爱的女王万岁！……

……那么现在：干杯！为了此刻！Abra 举起杯子。干杯！祝公主们安康！两个殷勤的侍者说。他们也递给我一个

125

杯子。我碰了一下,喝掉。

……克隆人。看不见的人。滑头。我这样叫他们。不知道我们是在歌舞伎町的哪家酒吧里遇到这三个男人。他们突然坐在我们桌边,深色西装,白衬衫,领带,苍白的脸。克隆人。看不见的人。滑头。他们正谈着一桩上百万的生意,兴致高涨地大放厥词。伴着香槟和最贵的威士忌"响"。克隆人带头。其他两位跟着他。因为克隆人太清楚怎么动作、怎么喝酒、怎么看、怎么说。尤其是对女孩子。他好像从来不用学,生来就会,或娘胎里就懂。另外两个人学着他。他们克隆着克隆人。模仿得很糟糕。看不见的人几乎看不见。滑头比看不见的人更看不见。他是用闪亮、抛光的塑料做的。这能从他的手、脖子、脸看出来,特别是他的言辞、手势和目光。并非合成材料的光滑,较之更甚。一种无法触及的光面,几乎是完美的镜子。想去摸一摸,就会滑下来,落回自己身上。他的皮肤浸透着防粘剂。他的器官包在透明薄膜里。[111] 在顶灯下,在酒吧的冷白光里,他耀眼闪烁。他发着光。漂亮的装饰……

……女学生的内裤!我靠这个赚了一笔,真的!当然啦!在网上卖。就像小热裤那样去了美国!德国也一样!别这么看我,尤纳!Panty panty[内裤]!好买卖!嗯?外加女孩的照片。她们大大的小鹿眼睛。我告诉你，他们执著着呢！气味！有轻版本，只穿了几个小时，十几岁的，比如说运动穿的。越小，越贵。当然啦！带一点汁液，哇哦，变现成钱！有些人花巨款买经期的污迹。小家伙！你不相信！谁知道呢？大价钱！可不是！一次街上有个变态调戏我，我就想到这个办法。嘿，姑娘，你的裤衩要多少钱？我想：厉害，这钱可真容易挣！就开始啦！……

……在卡拉 OK 的厕所里。Abra 拿给我两种选择。选蓝的，故事就结束了，你在你的床上醒过来，该信什么就信什么。选红的，你就留在这童话世界里！她大笑起来，持久而夸张。我选了红的，Abra 说，尤纳，来吧，别怕，来吧。那时我们已经回到卡拉 OK 包房，与那三个男人共用，能看到外面的城市。啤酒一升一升地端上来，滑头，摇摇摆摆地，在他孤零零的陶醉中，唱着一首日语流行歌，那么怪诞，错得那么离谱，那么吵，有一刻所有人都惊慌地看着地板。不知道突然从何而来的爱，我感觉到了，它不可遏制，喷涌而出。爱。我感觉到爱，它从我的身体，[112] 从肚腹、内脏，进入胸膛、进入手臂，向上穿过喉咙，涌入脑中，水银般流动，幽灵似的、失去重力的水银，爱，微光莹莹，从脑中流入空间，桌子、玻璃杯、清酒、啤酒、地面，我目光所到之处，一切都浸透着、笼罩着我的水银之爱。Abra，你也感觉到了吗？充溢着水银之爱的克隆人、看不见的人、滑头。不，这一次他们没有滑开，爱穿透光面，渗进去，填满了他。我们唱歌，Abra 和我，我们唱着比约克的 All is full of love［一切都充满爱］，我们唱着，无止无休，是，现在我知道了，此刻时间停下，周遭的世界冻住了，整个星球纹丝不动，进入无梦的睡眠，凝固着，

只有我们，Abra 和我，站在那里，我们摇晃着，

来来回回，来来回回，唱着，唱着，

All is full of love，

我们彼此亲吻、触碰，仿佛是飘荡在这无穷太空里的爱人，我们彼此触碰，仿佛是这冷冻如冰的宇宙里唯一的暖源。我四周看看，才发现，我们不再站立，脚下没有地面，没有接触，我们飘浮在房间正中，三个男人在我们脚下僵住，我们却充满生命地抚摸天花板，抚摸皮肤、灵魂，沉入彼此的目光，那是我们自己的目光，直到我们发现了一扇窄窗，打开它，轻而易举地打开它，溜出去，我们轻轻蜷起身体，好像没有了骨头，蜷起来，穿过缺口，我想说，依偎着，钻入自由，进入夜空，在城市上方，飞着，飞着，手牵手，或是缠绵拥抱，在凝固的东京之上。

……她告诉我，她画漫画，所谓的同人志，她自己画、自己印刷，在即卖会、一种大型展会上出售。［113］我问她，故事讲了什么？Abra 笑了，说，Yamanashi ochinashi im-inashi！［没有高潮，没有重点，没有意义！］就像生

活！……

……我们终于搁浅在那个简陋的俱乐部里，在半裸的东欧女人之间，她们两两挂在一个男人身上，用很烂的鸡尾酒灌他们，又一个，又一个，又一个，直至滑头，突然崩溃，我不知事情何时、为何发生，也许是一个不经意的、无力的触碰，让光滑的镜面一下子绽裂、碎开。在极薄的冰上。如此这般的我建造在极薄的冰上。于是他突然跌落，脑袋沉到桌面上，开始颤抖，先是手，然后整条手臂，牙齿打颤，脸孔抽动，直至滑落到地面，吼叫，吼叫。我不行了。我不行了。我不行。不。不。我。直至一切都闷死在他的抽泣里。他光滑的手臂捶打着地面，捶打，直至滑头彻底四分五裂，流血，受伤。克隆人笑了。他咧开嘴高声大笑。废物，滑头！你这个没用的！女人们也来了，围着他，半裸着，她们用坏的身体，蔑视地向下看，附和那阴暗的笑声。然而，我能从她们的脸上看出她们隐秘的想法。她们在想：又一个。我们里谁是下一个？……

……别离开我！别离开我！曾经的滑头，如今的伤口，他挤过来，婴儿般贴着我的胸口，我们站在电梯里，在东京凯悦酒店的电梯里，上去他的套房，20楼，30楼，40楼。他用缎布为我铺床，用亲吻覆盖了我。别离开我，别离开我……因为我体内还有爱，就任之发生了。我献出了自己。

用我所有的一切，爱他，［114］用尽我体内的一切，用尽我细胞里所有的爱，就像残渣，陈旧的、黏腻的残渣，久已硬化、干枯，这爱脱落下去，扔给了他。我不离开你。不，我不离开你……

41

我站在环绕医院的窄露台上，穿着医生的木屐，看着灯火阑珊的城市。

"您知道，"他写，"在日本，我们与灾难相伴，活了几千年——地震、海啸、火山喷发、台风。我们已经学会，与不可预见之事共生。"

"如何做到？"

"相信。放手。重新开始。一步一步地。"

"若地面不再支撑，人要怎样站立？"

我转头，看见医生疲惫的脸。然后跑起来，一跃跳回室内，从里面关上玻璃门，划上门闩，甩下太大的木屐，继续跑。也许，医生在大喊，也许在敲玻璃，可我听不见，就再不回头。我跑下去，叫电梯，因为我在高处，没找到楼梯。我等啊等，不安地来来回回走着。现在，电梯终于停下，门打开，我才意识到，像我这样，没穿什么衣服，没有钱，没有听力，没有证件，在城市里根本走不远。于是我转身，跑回去，穿过走廊回房。回我的房间。可全都一模一样，我找不到房间了。我突然丧失所有的方向感。我跑着，压根不知道，我在哪。然后，突然地，我感到一只手在肩上抓住我，

没有用力，［115］却坚定不移。我转过身。医生拿着那张纸，写道，

　　"您想去哪儿，尤纳斯先生？"

　　我想去哪儿？

42

我试着想象，完整、神圣、坚固的东西。比如，我想到妈妈房间里新艺术风格的花瓶，立在床边的五斗橱上，那只花瓶，家传宝，是太祖母的嫁妆，据说她曾经嫁入望族。花瓶用透明玻璃制成，有云状磨砂纹，下部几近球形，然后是高高耸起的浪状瓶颈，画着睡莲，花间有一只让幼时的我感到恐怖的蝗虫。

我试着想象这只立在妈妈床边的花瓶。当我夜里睡不着，想去找她，想爬进暖暖的被窝、到达她的身体、最后沉沉入睡，就要先经过它，它就像一个凶巴巴的、漂亮的卫兵站在稍高处，于是，我常常只能心惊胆战地躺在自己的床上，左右为难，渴望靠近妈妈，却又怕蝗虫，纠结中才真正睡不着了。我试着，想象那只花瓶，虽然它让我害怕，却也一直让我着迷，因为一旦克服恐惧，走过去，它就会散发出一种奇特的安抚力量，好像它也守护着我的睡眠，有它看管，坏事就不会发生。

可每一次，当我试图在眼前看到它，它透明的身影，它的花纹，它的球状形态，它整体的美，它就开始热蜡似的熔融、坍塌。［116］另一次，它消散在空气里。还有一次，它飘浮起来，在天花板上撞成千百万碎片。似乎我的想象力在顽固地抗拒，不去安静、稳定、完整地想它，好像它着了魔，被骚乱和毁灭附体。

43

　　美佳子在医院里等我。等到深夜，直至最后的器官和神经检查全部结束。没有任何结果，我精疲力竭，像之前一样聋着，在我的病床上睡着了。这一晚我们几乎没有交流。然而每一次，当我从一项检查赶去另一项，经过科室的等候厅，稍稍站住，有点紧张地期待着她，都能看到她一动不动地坐在屏幕前同一个位置上，一次比一次更苍白地盯着一张张闪过的恐怖画面。那一晚，美佳子什么都没对我讲，没有说过地震，没有说过海啸、大火、爆炸的精炼炉，她只字未提震后几小时政府发言人就已经宣布的核危机。

44

一再反复的梦：春天。树绿了，开始抽枝，含苞，能看到第一批花，［117］种种形状和颜色。我跑过草地，走下小山，穿过赤松林，呼吸着泥土气息，观察在林中穿梭的动物。我追踪一只鸟的飞翔，看向高处的天空。这时，安宁而静寂地，下起黑雪。尘埃盖地。天全黑了。我看到无数阴沉的雪片，旋转纷飞，在空中舞蹈，落于田间。辐射穿过细胞膜，冲透一切有生者，在烈火熊熊之处，在无声且不可见地执行毁灭之地。我的确看到，如物崩解，如能量释放，千百万光体，星流电掣般穿透一切，击溃、凌虐着物最深的内在。有生命的组织于是被彻底摧毁。转瞬之间，万物消亡。动物和植物，细菌，微生物。我看着它们在我面前，垂死挣扎，终究殒殁。看似毫无外力。一场阒寂无声、在最微小的层面上出演的战役。林中松柏染红、凋萎。梦尾，躺着一头死鹿。

45

　　切尔诺贝利核事故 20 周年前后，我曾多次去往乌克兰，创作我的《世界草图缩影》和《想象的风景》。我被那块地方迷住了。我走了几个小时穿过红森林，它已不再是死亡区，又变成繁茂、浓绿、饱和的自然。辐射仍旧上千倍于正常值，然而动植物已重新繁衍生息。一个无人的世界。

　　[118] 我拍摄着空荡荡的村庄，疏散后它们被军队彻底摧毁，以熄灭任何归返的残念。我在鬼城普里皮亚季游荡了几个小时，这里曾经有 5 万人居住，如今却空无人迹。

　　让我记忆犹新的一次，满城覆雪。我站在普里皮亚季城中心，就在生锈的游乐场附近，它从未开放过，因为建成前夕，4 号反应堆爆炸了。伶仃孤立的摩天轮、赛车场、旋转木马。

　　一只狐狸出现在我面前。我跟随它，穿过空旷的街道和城市广场。在败毁楼群的灰和落雪的白之间，它是唯一的色点。很容易盯住那皮毛的浅红。我跟随它，哼着一首曲子，对抗恐惧。它反而显得毫不在意，慢悠悠打发着时间。一次它跑远，消失在角落后。我追上去，它就抬起头，看看我，好像正等着我，要继续带领我。

后来，一个生物学家给我解读了雪上的痕迹。他说，动物占领了这座城。他列举出野猪、麋鹿、狍子、狐狸、野兔、马鹿，尤其是，狼。熊反倒在城内很少见。

我走进一栋房子。出事后，居民一定是仓促离开了。当时有人保证，只是几天，所以他们几乎留下了一切。如今，20年了。多数人再未回来。许多房子被洗劫、摧毁，窗户被砸碎。鸟儿在一间儿童房里筑了巢。我走进去，被昏黑的、扑啦啦扇动的翅膀围住。我抓起地上一个穿红裙子的娃娃，[119] 四处抡动。鸟儿受到惊吓，在房间里上下翻飞，撞着墙、找寻出去的路。一只鸟在碎裂的玻璃窗上割伤了身体。另一只，试图逃亡时，擦过我的头顶。我想，我尖叫了起来。我匍匐着爬出房间，在身后锁上门，长舒一口气。跑下败毁的楼梯。一扇敞开的房门里走出一个衣衫褴褛的男人。我一个踉跄，险些从栏杆跌下去。他的眼睛看着我，从深陷的眼窝里，在惊恐的悲伤中。我已经跑到外面，他还在我身后喊着什么："放射性！放射性！"

46

我睁开眼睛，看到一间房，确切地说是病房，白帘子，挂在身边的机器，看不懂的日本字。时不时有穿白衣、戴口罩的女人过来，控制我的身体机能，我想象，她们也发出了细细的、猫咪打闹般的声音。世界仍然静寂。

我在床边找到一张字条："你睡着，好像这就是你的激情。Abra。"

没有人注意我，于是我起身，穿过走廊，脚下不稳，摇摇晃晃——又震了吗？我看着其他房间，闲逛一会儿后，发现一个卧床的小姑娘，缠满管子、仪表、十几个绒毛玩具，奇奇怪怪的东西。我挥挥手，她没有反应，我犹豫一下，走了进去，坐在孩子床边，摸摸她滚烫的、有点潮湿的额头。我按着她的手，说一切都会好起来，自己却听不到。我说了两次，为了确保。小女孩也许四五岁大，[120] 她躺在太大的床上，小小的拳头里紧紧抓着一个布偶，让我觉得孤独到无法言说。她怎么了？父母呢？我坐了几分钟，看着挂在小姑娘身体上的仪表闪闪烁烁，不知道还能干什么，于是拿起一个蓝色的、有天线似的触角、没有腿的玩具，让它按照机械闪烁的频率在床边跳舞。布偶亲了亲小姑娘的脸蛋，问她名字。孩子没有反应。我突然想，也许她已死去，我站起来，退到旁边一排窗边，几乎跌下，看向外面，看见阳光中闪闪发亮的玻璃和金属，一浪眩晕袭来，惊悸于我多么失败。

我又坐回床边。这时孩子睁开了眼睛，扁扁的小鼻子和精致的嘴唇上方，大大的、黑色的眼睛，她看着管子、机器、绒毛玩偶，认认真真地，好像在清点，或逐一单独登记——你在，还有你，还有你——她看着握在我手里的她的小拳头，然后，极其缓慢地，顺着我的手臂，最后看到我的脸，我说不出，是悲伤、惊恐，还是面无表情。小家伙就那样看着我，默默地，一动不动。我试着读她的表情，只是徒劳。她惊讶吗？怕吗？还是在昏沉的高烧里？不，目光开放而清透。

我想说什么，但不知用哪种语言，我有点笨拙地弯下身，想让孩子看到，有她在，我多开心。她继续盯着我，没有动静。然后，几乎不可察觉地，小姑娘也歪歪脑袋，从过于庞大的枕头上小心翼翼地抬起头，又落回去。笑了。淘气的、小小的、喜悦的微笑，彻彻底底化开了我。

47

[121] 最初我几乎浑然不觉。然而从那一刻起，有什么变了。我走到医院楼前，呼吸着清冷的、未曾使用过的空气。氮，氧，幸福。也许是笑气或氦，某种很轻盈的东西，一定是的。不，尤纳，你呼吸的是尾气。无他。可不。我能尝到。或感觉到，在皮肤上。那时我才明白。不是豁然开朗。缓缓地，如同渗透着的预感，然后，一点一点地，确定：世界重新充满了噪声。充满刺痛的、挑衅的噪声。发动机的轰鸣，大笑，遥远的音乐。我又听到了。

刹那间，我怀念起静寂。

然后，先是轻轻地，继而越来越剧烈，又震了起来。我蹲下，听着物的吱吱嘎嘎、叮叮当当，清醒地，闭上眼睛。声响几乎让我疼痛。待一切过去。我站起来，四下看了看。

为什么不从这条街开始？为什么不是此时、此地、立刻？为什么不干脆离开？那好。我走了几步，好像是我最初的步伐。也许就是。也许是个开始。一步。又一步。一个玩滑板的男孩从我身边滑过。他也站住。轮子在柏油路面上咔嗒作响。他对我笑了。也就是说，现在很好。我跑起来，把一切留在身后。

48

我跑过东京，手里握着一枚有某种意义的东西。那是曾祖母的洋葱鱼。它是我的锚，一份具象的、曾把我抢出遗忘的记忆。我继续跑，［122］跑入骚动的人群，跑入噪声，跑上宽阔的广场，到处是行人，每块地面都踵足相接。我站住。正是此地。路人的洪流与我擦肩而过。我再次张开手，看了看洋葱鱼。任何执着都是徒劳。我让它落下，离开了。再未回头。

49

我忘了尚塔尔的气味。气味能记住吗？我忘了她的声音。我忘了该死的拉普兰（Lappland）之夜。忘了我们醉里唱的歌。忘了我们第一次愚蠢的吻。我忘了，她尝起来有多像威士忌和雪茄。她的嘴。她的乳房。她的脚踝……我忘了香烟。我忘了酒。我忘了那块大胎记。在她耻骨左还是右？我忘了她是否喜欢冰淇淋。更爱水果口味？更爱巧克力？我忘了，她侧卧还是俯卧而睡。我忘了，她把我看成男人、女人还是某种无名之物。我忘了，久久在她体内是什么感觉。我也忘了她的无情，她的消散。忘了她的沉默。她的笑。那有点羞涩、吞掉自己的大笑，云盖般骤然绽开。

第二部分

[124] 尤纳！尤纳！你来得正是时候！你的表情就像电视里的先生。国家危难的鬼脸！可以更开心点呀！给你带干海苔了。小魔法，知道吗？因为含碘。保护甲状腺。防止患癌早死！太棒了。张嘴！乖。嚼呀。看着，嚼。继续！好吃，是吧？漫长、痛苦的一生！在毁灭！万岁！已经想你了，尤纳。是呢！如何！我们茶教徒来了好几天。汤饼，茶点，茶点，汤饼！握住小手，自由拥抱！婴儿食品，尿布和抹茶！搬瓦砾，铲淤泥！现在才对！Fukinshin！[不严肃！]Fukinshin，知道吗？很难翻译。在你的仓鼠患肛门癌而死的时候跳舞。在寺庙里讲下流的和尚笑话。Fukinshin，明白吗？不得体、不受限地活着！你来了，太好了，尤纳！你和别人不一样，你可不是飞人！不是飞走的外人，不是离开的

外国人，不是逃跑的废物！没有因为地狱，就干脆飞走。没有因为世界烧了一小块就离开我们。地震，海啸，核危机？在里面！好的！放射云，我们来了！

[127] 好像我一下子从眩晕中解放出来。什么都不重要，除了这一天。不知是什么，把我流放至此，这片北方的土地，福岛，区域边缘，小医院，这间屋子里，这个陌生人身旁：月亮人。Abra 走了。她受不了。哲史感动了我。我有种可笑的、被需要的感觉。这一刻，我忘了艺术。连相机也留在酒店房间，埋在箱子里，内衣之间。再也没有什么能让我躲在后面。这个人是谁？

像前几天一样，我消毒双手，裹上一次性的大褂，用小纸帽遮住头发，戴上橡胶手套。最后是口罩。哲史躺在透明的塑料帘子后。毫无征兆地。好多天一言不发的他突然开始讲话。他从床上坐起来，看着我。

"那天我醒得很早。凌晨 3 点。我像胎儿一样躺在那里，蜷起腿和手臂，靠紧一切，为了什么都不丢。街灯的光。微微泛蓝地刺眼。那种灯笼，您知道吗？城市越来越亮。曾有些时代，日本人喜欢半明半暗，阴郁和微光，梦的状态。如今已经过去。人们怕影子。我的眼睛流泪了。比平时更多。我还知道：按照老习惯，我想，今天有一些能让我高兴的东西。我想不出。可确实。有。食物。我已经两天没吃过东西了……嗯，除了几小片干燥的米饼……从一个垃圾桶里翻出来的。是童年的味道。是海水，信心。双倍营养。我冻僵了。脚冷得发麻。[128] 虽然有饮料机的暖风。我又坐了一会儿，尽可能紧贴机器。温暖。一个穿西装的男人过来，拿走一罐热咖啡。他对我视而不见。那时我是个幽灵。他走了，我就在找钱的盒子里翻硬币。运气不好。然后我把被子和纸板放在一起，塞进两栋老房子之间黑漆漆的缝隙里。给了小老鼠们。它们长着乱糟糟的灰色皮毛。我的胃抽紧了。我上了路。已有其他人先我而来。熟悉的脸孔。我们彼此点点头。却无话可说。人们一个挨一个地站着，搓着双手对抗严寒。一个老人走来走去，用粉色塑料杯，兜售温吞吞的茶，30 元一杯。我翻遍所有口袋，把能找到的东西凑到一起。茶让我感觉很好。甚至能续一次杯。我差点又站着睡着了。巴士来了，太阳已晒到屋顶上。我根本没料到。他们需要 10 个人。清理工作。支付双倍日薪。出现了一阵骚乱。一个人喊道，你们又要把我们送去哪里？穿深色大衣的人没回答。有些人转身离开。一个小伙子说，这种工作我了解。没牙。我无所谓。命都没了，还能赌什么？"

"您别这么说。"

"为什么不能说？"

"您还活着。"

"我想我根本不存在。这条街上没有人活着。您何时见过无家可归的人……"

"当然见过，几千个呢。"

"您一定是做梦了。去问问政府，他们会对您……"

"我不认为您是幽灵，哲史桑①。"

"您是个例外。"

[129]"用巴士接走您的人是谁？"

"谁也不知道，谁也不过问。"

"黑帮吗？"

"黑帮。是的。他们是来招工的。我第一次遇到他们的时候……我住在上野公园的一个盒子里。有群猫在那。摩西，明克，欧巴姆，天照，黑杰克。我的朋友，您知道的。我需要更多钱。买猫粮。贪吃的畜生。尤其是欧巴姆。他总想要双份。还有刷毛的刷子。抓跳蚤用。" "您是认真的吗？"

"越来越孤独了。随着时间。"

"我是说，您再没朋友了吗？"

"有。"

"Abra？"

"Abra."

我们沉默了片刻。

---

① ［译注］"桑"为日语さん的音译，这个字通常放在姓氏或名字后，相当于汉语中的"某某先生""某某女士""某某同学"等，表达一种既有敬意也有亲密感的关系，使用灵活，不分性别。

"黑帮的人在公园里乱转。他们嗅觉很敏锐。会看相。如果一张脸上聚集了足够多的绝望，或者饿得寡淡、下陷，但还没被酒精泡肿，他们的机会就来了。您找工作吗？我们想帮助您。他们给的钱多。但不能提问。他们摆出来一纸合同。一天的，不会再多。盲目签了字。"

"您不必讲给我听，您知道的，对吧？"

"我知道。"

他抬眼看看，腼腆地。

"巴士开向北方，沿着海岸。就像旅行。终于出发。一切都留了下来。也许去北海道？或者去个港口。坐船。离开日本群岛，去千岛。或者最后会看到琉球岛。或者去海参崴。去台湾岛？我坐在窗边。风景。努努力，我就已经能隐约预感到春天了。［130］有时候在树林后，池塘后，就是大海。我很高兴。每人都拿到一个便当盒。我们可是要干活的。谁都用不了虚弱得晕倒的工人，不。很久没吃过东西，胃就很敏感了。要慢慢吃。我嚼了很久很久。几乎花了整整 3 个小时吃便当。"

他一再停下来，转过身去。

"基地大门严格监控。可巴士很容易就放行了。家常便饭。每天都有我们这种人来。看不见的人。流浪汉。我们被预订，运送过来。我们属于物流。如果运气好，可以再用第 2 次、第 3 次，或者送到其他地方去。用坏了，就清理掉。一分钟人就换了。很简单的。"

透明罩围着他的床，哲史观察着映在上面的影子。

"我们到达的时候，已经过了中午。太阳。一个寒冷的3月天。大海安静极了。茫茫的，一种颜色，您知道吗？哪里都看不到。一种奇特的闪烁的靛蓝，带着一丝灰。和平时在热带海域见到的玛瑙绿完全不同。还有光。就像水面上的亮片。他们把我们带进楼里，登记了我们的名字等等。我们上交了衣服和鞋子，踩着有氯味的塑料拖鞋，在内衣外面直接穿上硬邦邦的工作服。现在我们就能被认出来了。新的部落民大军。"

"部落民？"

"部落民还摸过没人想碰的东西。死尸，生肉。他们也没有法律保护，低于可见的人。有人还命令我们上厕所。以后就再没机会了。于是我们摸索着穿过长长的走廊，去了反应堆入口。有人在那给我们防护服。有些还得到了口罩。"

[131]"那有人对您解释过吗，培训？"

"不，没有解释。"

"怎么能这样？"

"有个工人，第一次来，惊恐地说：我想这是核电站。"

"在外面，对你们什么都没说？"

"只说，是些清理工作。有个小伙子，脸蛋红扑扑的，还不到20岁，可能从家里跑出来的，问：这里不是他妈的很危险吗？工头看着他，指了指上面的牌子，画着反应堆的厂家。日本富强繁荣的象征。我们站在那，敬畏、惭愧，低着头。沉默。公司对工人很好。公司对我们，就像对自己的孩子。我们所有人是一个家庭。公司绝对不允许任何人受到伤害。"

"我不太确定是否懂您的幽默。"

"我极其希望，再也不需要幽默了。"

"就是说，您是被公司本身雇佣的？"

"不是。我们为一个子公司的子公司工作。我猜，每天都会编造几个出来。"

我们沉默了一会。哲史好像累了。我不催他，只是坐着。

"我们进了4号反应堆的房子。已经是高度安全区。这些脸被登记了。我对着一个相机微笑。我和另外两个人跟一个工头。我们已经穿上了防护服。有呼吸过滤器的口罩已经戴在脑袋上，还有防护头盔。脸在玻璃后面。世界听起来闷闷的，很远。我是一条水箱里的鱼。自己的呼吸很重。我四周看了看。是真的吗？我不相信。我到底在这里干什么？我们穿过楼梯和投料斜道。我开始出汗。很热，在防护服里很热。我猜，是最便宜的型号。"

［132］"一定很闷。"

"我感觉自己很轻。突然很轻。在那种不真实的环境里，在机器、管子和宇航员之间。带着这些昆虫脑袋。我甚至觉得我可以飞，只要我想，升起来就是。或至少能在空中跳几米高。就像登月的人。"

"您干脆忘了现实？"

"按下按钮就行。"

"现实不会逼过来吗？"

"他们给了剂量计。您知道的。测量辐射。那时现实跳回来了。是的。一瞬间。可即便它在。又能如何？一个吱吱响的仪器，有几个数字。也可能是个玩具，不是吗？"

"我会不舒服。"

"游戏规则如下。第一：不问。第二：关掉吱吱响的仪器。显示越少，玩得越久。反正都是被操纵的。第三：达到最高剂量，就出局了。重新坐回大街上。第四：一旦出局，就回到起点。用别的名字再来。可是何苦费力气？最好马上放弃计数。第五：作弊也算。"

我不知说什么，沉默着，屏住呼吸。

"我们走进安全壳。要经过一个气压闸门。第一扇门打开了。液压装置的噪声。走入中间室。一个狭窄的月亮仓。我闭上眼睛，平静地呼吸。等待压力平衡。里面的门开了。又近了一点。一层层剥掉，直到核心去。封在一个被几米厚的水泥墙围起来的灯泡里，奇迹在里面发生。这是低压。减少对外的辐射。里面，自己身体里，压力升高。我们穿过这片光明地带。一切都银灿灿，一切都亮得耀眼。很挤。我不再觉得要飞起来。反倒是，要一滴滴漏掉。水银。［133］对我们有特殊安排。又裂开一道缝。生物盾的。另一道几米厚的外壳。吞掉辐射的水泥。后面是钢制的反应堆芯圆柱体。它们之间只有狭窄的、黑漆漆的斜道。工头不钻进缝里。他有礼貌。坏礼貌。他让我们先进去。你们看到那里的液体了吗？必须擦掉，嗯？泄漏的阀门。因为不停的中子轰击，因为压力和高温变脆了。"

"反应堆还在运行？"

"没有。那不可想象。每年一次检查。关闭反应堆。更新燃料元件，换下磨损件。核电站老了。材料累了。要小心。把一切都拆下来，重新组装。"

"就是这件事？"

"在 4 号和 6 号反应堆。因此我们去了那。需要上百人。辐射太厉害，不能久待。所以他们要日工。用他们自己的工程师，太可惜……那是浪费。"

"真可恶。"

"他们叫来我们，因为他们知道，就算我们不回家，也没人问……也就是说……我猜是的，大多数……不，大多数人不知道他们在干什么。或者他们不想知道。"

"流出来的是冷水吗？"

"污染的水。是的。我们从生物盾的裂缝钻进去。我想，之所以这么叫，是因为生命只有在它外面才能维持。盾后面喷射伽马射线。黑漆漆的蒸汽室。可能有多热？40 度？50 度？哪怕反应堆不再运行，放射性衰变也一直继续着。不断产生大量热量。我们套上罩子，所有用具都小心地并排放。剂量计紧张地吱吱叫着。我关了我的。［134］我汗流浃背。我们开始干活了。用布。液体。湿布塞进塑料袋。很快我就看不见了。眼前的玻璃蒙上蒸汽。我身边的人从脸上扯下面具，大口呼吸。至少我猜是这样。一切都很远，朦朦胧胧的。我开始眩晕。我想，一个人打开防护衣，露出上身。他一定疯了。然后就开始了。"

"什么？"

"压力罐。它开始摇晃。就像庙里的钟。我以为是从锅里来的。里面一定发生了可怕的事情。我想，现在失控了。有东西爆炸了。我想，一定是冲击波。整个建筑都会坍塌。不，其实我什么没想。我从生物盾的开口爬出去。几乎是不可能的任务。在那种情况下。我匍匐着。机器部件的叹息和尖叫。成千上万的金属表面，刺耳地相互摩擦。松弛铁件的吱吱嘎嘎。格子，链子。警报响了。我扯下面具。我紧紧抓住一个扶手。我试图保持冷静。我对自己说：是地震，只是一场地震。某一刻就消失了。从这里出去！所有开口都自动锁死。纯粹是安全措施。太妙了。我找到了一个单人-紧急-隔离室。棺材那么大。过了一会……我躺在里面，只是在想：它还会打开吗？不知如何就出去了。冷冷的空气。在皮肤上就像热水浴。工人们在建筑前集合起来。有两个伤员。一个掉进了小斜道里。另外一个被未固定的机器砸到。腿断了。膝盖粉碎。骨头茬扎进肉里。我握住那个人的手。没事的。我在您身边等救护队来。喇叭里是海啸报警。所有建筑都撤空，去高处。工人们成群结队，闷闷不乐地跟着呼叫。"

[135]"为什么闷闷不乐？"

"反应堆建在海上10米。世界上没有任何海啸能到达那里。除非是从天上掉下来。"

"这是您想的？"

"没人认为有其他可能。"

"哦。"

"我守在断腿的男人身边等着。一个工程师。他在挣扎。控制自己。不表现出来疼痛。他流血了。我努力转移他的注意力，找话说。疼痛一定要靠边站，不能留在中心。这是这些年来我学到的。一旦疼痛到了中心，人就完蛋了。不知道为什么，我们说起了食物。他是个美食家。他喜欢村泽牛肉。他说：'我会为村泽牛肉而死。'不仅是味道。是舌头上的感觉。绵软。肉的理石化。牛喝啤酒，几升几升的啤酒，直接从瓶子里喝。它们被按摩。每天8小时。世界上哪都没有那么绵软。每次他停下来，我就追问下去，让他话流不断。我脱下防护服。卷起来。绑住他的大腿。我站在那里，穿着我的内裤，戴着头盔，脖子上挂着面具。最重要的是信任，他说。动物一定要信任。那种信任能吃出来，一直到屠宰凳前。后来救护队终于带着车来了。带走了他。他们给了我一条毯子。我把自己裹起来。步行上路。"

哲史看着我。他那么温暖，让我震惊。我藏起感情，很快递给他一杯水。他贪婪地喝了。

"地震可能过去了 40 分钟。场地上空无一人。听到的时候，我刚好经过一座建筑，它后面是反应堆。奇怪的轰鸣。[136] 一阵呼啸。我转过身，看向大海。它是深黑的。墨，我想。墨海。或焦油。它涌起来。越来越高。越来越高。这时它来了，阴沉，怒号，可怕的庞然大物。泥浆。上面是浮沫的云。海啸！一个工人在建筑入口处大喊。我跑起来。我还记得，我想到噩梦，我拼命跑，腿却没有变快，反而越来越慢，越来越疲惫，越来越沉重。我动不了。我瘫了。这时我到了建筑入口。那个工人对我点点头，继续跑，消失在里面的某处。我挣扎着呼吸空气，盯着窗外。很美。黑，水沫。天空是闪耀的蓝。然后我清醒过来。我必须离开这里！我在某个前厅里——两扇门之间的房间。我跑向里面的门，发现它锁上了。需要磁卡。确认身份。可我没有名字。砸门。吼叫。那个工人早就走了。我用目光搜索着房间。什么都没有。没有出路。伴着雷鸣声，黑水拍击而来……轰隆隆地撞击着建筑立面。门仍然关着。密封，不，不再密封了。水涌进来，下面，侧面。然后是响亮的爆裂声。窗。昏黑的水柱喷射入房内。来了。我似乎被一种冥冥的强力抛来抛去。也许，就像洗衣机里的昆虫。上，下，左，右？根本不一样。头盔带子勒住我的脖子。我解开搭扣。所以就要淹死了，我想。绿子……阳子……平时我不敢想……我从没有……我想她们……一下子……准确而清晰……就是那样……很难描述……语言……无比幸福……陶醉……同时是毒药……恶毒、苦涩……我的妻子和我的女儿。她们笑着……笑盈盈地看着我。据说……死亡中……整个一生都会重演……是的……不……我只看到她们……绿子和阳子……撕毁着我。某些讨厌神明的玩物。我呛了水。有种……[137] 死亡有种味道……还有种颜色……如果幸运……一生能见一次的颜色……也许在极夜……光多次折射……这时我游泳。游到水面。紧贴着天花板。离地几米高。水静下来。温柔地荡漾。是的，它落了。它开始降落。"

哲史转到一边，吐了，吐出的早餐从床上稀里哗啦地落到地上，声响惊到护士。他毫不在意地用日语开玩笑，大笑起来，想抬起身子，可她坚决不让，所以他一直躺着。她用一种刺鼻的溶液清理了地面。

我第一次感到无助。笨拙地换了话题。

"您怎么会说法语？"

"法语？法语？我想……是我爸爸的厌恶。"

"怎么？"

"那是战后。日本一片废墟。国破家亡，您知道吗？耻辱。对自己的憎恨。当时有一些知识分子认为，民族精神，也就是日语，是造成灾难的祸害。他们梦想着自我超越。梦想着一种变形。更好的日本会随一种理性的新语言、新价值和新概念诞生。我的爸爸似乎再也放不下这种想法。没什么用。这种观念也不新。恰恰相反。日本的本质是什么？我认为，是吸收外来的东西。内化。为了超越。为了弄得更好。更好。Oitsuke，Oikose。［赶上去，超过去。］和中国这样过了 1000 年。与西方也已经 150 年。我小时候为此而痛苦。后来我觉得法语特别吸引我。鬼知道为什么。"

［138］"不可思议。"

"也许吧。"

"您在法国生活过吗？"

"可没有！我从没去过。"

我惊呆了。

"您呢，尤纳斯先生？"

"我？"

"法语可不是您的母语吧？"

我只是支支吾吾，他继续说：

"学语言，不是在妈妈胸口，就是在爱人的乳房上。"

我感到自己被当场活捉。我们笑了。

我怕什么？

"是个俗气的故事。我得警告您。您知道羞耻吗，尤纳桑？或者您属于那种人，相信失败才能赋予生活深度？我到底为什么开始说这些？讲述自己，人就变得赤裸可憎。但您身上有种东西……让我信任……"

我尴尬地笑了。他继续。

"我们是邻居。绿子和我。好几年。在自由之丘，东京一个安静的居民区。她住在我对面。一栋简朴的两层的房子。有时候我看到她在窗边。她的猫总坐在那。在植物旁边。她喜欢植物。杜鹃花，日本椒。都是这类。植物和歌剧。清晨我看她骑车离开。夜晚我回家的时候，她那儿还亮着灯。我猜她总是一个人。没说过话。两年。我又能说什么呢？有一天早上，那只猫到了我门前。我给它摆上牛奶。我们就成了朋友。动物和我。浓黑、光亮的皮毛。一个优雅的家伙。它左后腿瘸了。事故吗？我不知道。一个冬天的晚上。灰蒙蒙的 11 月。猫咪咪叫着，挠我的门。我开了门。怎么了？然后它就跑下台阶，[139] 转过小脑袋看着我，等着。你想要什么，小猫咪？我跟着它，来到街上。进了对面的房子。然后呢？它咪咪叫着，又挠门。好吧。我于是敲了敲门。猫竖起耳朵。十分安静。我在这干什么？我走回街上。房子里亮着灯。要是走开就好了。我又走回去，敲门。哈喽？绿子开了门。脸色苍白。她发着高烧。我跑去药房。沏茶，煮饭，煲汤。我们就这样认识了。绿子。从近处看她甚至更漂亮。不是你想的那样，尤纳桑。她是另一种。她的眼睛。她……唉，我真是可笑。"

"才不。"

"几个月后。她说：娶我！我吓坏了。什么？她说：娶

160

我！于是我跑了。我飞去北海道，在北边。尽可能远。藏起来。反复想。我知道，这伤害了她。我诅咒自己。可笑的恐惧。白痴。一坨屎。我怎么可能有这个女人……我怎么配得上？我是谁？如果她真正看清我。就会很失望。我这样想。我对自己说：我会活下去的。我会活下去。这不理智。您明白吗？会有人明白吗？几天后我回去了。敲她的门。里面传出来普契尼的歌剧。她坐在沙发上，肿着眼睛。我说：我对爱情之类的东西一窍不通。你值得比我更好的。她说：傻瓜！然后吻我。她说：可我只想要你。我们一起哭了。又笑了。她父母说：和这么一个人你想怎么样？他对于你太老了。但是我有王牌。我的职位。我薪水不错。我说：我可以养家。我爱你们的女儿。我说了公司的名字。很有震慑力。他们同意了：我们愿意你幸福，孩子。于是我们结婚了。像梦。每天早上我醒来……幸福，您知道吗？绿子。她的笑。明亮的人。［140］我只听到她笑。我们一起旅行。去欧洲。没有去法国。去了罗马，佛罗伦萨，北边，英格兰，苏格兰。我们的女儿阳子一年后出世。那么小，那么柔弱，新生命。我很自豪！非常自豪！疯了。凭什么？一种虚荣感。我没跑掉，仅此而已。孩子来了。我想，我过度自负了。我心脏跳得太快。我的身体承受不住这种幸福。可能我很快就会幸福得死掉。一定会的。干脆倒下去。我会被幸福闷死。结果不是。一声霹雳。一切都碎了。漂亮的假象。用手指一弹。噗！烟消云散。这就是教训。我不是早就预料到？日本变了。它和以前不一样了。我是个听话的劳动者。我很少在午夜之前回家。可是和以前不一样了。以前公司就是一切：家庭。朋友圈子。养老。尤其是安全感。终身聘用。意义。一切。可是和以前不一样了。自从第一个泡沫涨破。90 年代。2008 年，影响了很多人。受人尊敬的大董事们穿着体面的西装。在运转的录相机前声泪俱下。他们说：我们很伤心。很抱歉。我们失败了。我被叫过去。成了人事经理。绿子和我因此很兴奋。我们好几天只说这个。我期待着升职。布西罗桑，如果您继续工作，很快就让您当部门经理。这是他们告诉我的。不止一次。所以我们买了房子，在镰仓。我们毫无障碍地拿到贷款。一声霹雳。那天晚上。我回家。绿子把阳子送到外公外婆家。她买了音乐会的票。巴赫，门德尔松。在餐厅订了桌子。开了一瓶香槟。她可真漂亮。我不能告诉她。我太胆小了。于是我们庆祝我升职。我骗了她。从那时起，就太迟了。从那时起，一切都没了退路。不可原谅。新房子。就在海边。她梦想的一切。花园。她刚刚种上映山红。[141] 那天晚上我还想：明天告诉她。明天。第二天我醒来。我应该怎么说？那么多债。我骗了她。她不可能原谅我。每天早上我离开家。她以为我去上班。开始我还坐车去东京，每天，坐在公园里。应聘。拒绝。时日不好。我们很抱歉。我计算钱还能花多久。5 个月？4 个月？然后呢？她问：新办公室怎么样？视野呢？你的新同事呢？我总是胃痛。她很为我自豪。她大手大脚。因为涨薪了。理所应当嘛。绿子不是虚荣的人。但她特别喜欢昂贵的东西。大师的小提琴。一大笔钱。也许她也能跟着我住在救济院，谁知道呢？我们很幸福呀。耻辱。您知道吗？我不想活了。干脆停止呼吸。以前的一个同事，一个朋友，茂桑，上吊了。在卧室里找到的他，光着身子……我不敢。我太胆小了。真相大白后，我离开了绿子。她很失望……失望……最初我怎么会……难道没有预见到吗？如果她真的看清我……还有阳子。我的阳子。我的小鸟。从那以后我就没见过她……现在3年了……这样的爸爸……这种丑事不能让孩子知道。"

哲史的枕头上有一缕头发。

"您的头发。您的头发怎么了？"

他皮肤发红。脸好像肿了。我从塑料帘的缝隙里抓住他的手。他缩了回去。

"您为什么这么恨自己？"

"我不恨我自己。"

"您在惩罚自己。"

"我在适应自己。"

[142] "不是您的错。"

"和这个没关系。"

"那是什么？"

"人要认清自己的位置。"

"您的孩子呢？"

"我们都是可以被替代的。"

"是吗?"

"人不能太看重自己。"

"如果您是我的父亲,哲史桑,那么……"

"现在我可没那么老!"

我们笑了。

"您的父亲怎么了,尤纳桑?"

"我从不曾认识他。"

"这样更好。"

"也许吧。"

"他可能是个混蛋。"

"就像您?"

"就像我。"

哲史开心地笑了。他的牙龈在流血。

我们听到外面的警笛。直升飞机。我透过小窗看出去,前面长着一棵雪松。它在风里摇晃。哲史歪在床上,想要努力辨认出什么。

"外面怎么了?"

"您不看新闻吗?"

"我是说,窗外。"

"看不见。"

"我想到了。"

现在我开始讲。

"我开着租的车去了海边。反正就一直开下去。买了 20 卷胶卷。我只想拍照，没有别的。您知道吗？最糟糕的是气味。任何画面都不匹配。海水和油。发甜。开始我以为是鱼，但不是鱼。［143］那种恶臭粘在皮肤上，像一层油，根本洗不掉。我是说那种腐臭。有多少尸体躺在那，埋在废墟下的某处？然后是声音。也没有任何画面匹配。碎物的风景，渔船停在建筑高层或者平衡在房顶，优雅地挂在树上的车，还有其他粗鲁插进卧室里的东西。这一切之上，是强劲、冰冷的风，它让整片风景不停地叮叮当当、吱吱嘎嘎。风发出死亡区的声音。阴森森的音乐。"

"我想，我能听到。"

"您是想象的。"

"不，您听啊。"

"我只听到警笛。"

"您知道风景的日语词吗，尤纳桑？是 Fukei ［风之见］"。

"真的？让人欣慰啊。"

"有吗？"

"没了那种僵硬。我们在其上走动的大地——空气匆匆抚摸。"

哲史做了个鬼脸，耸耸肩。外面警笛尖叫。我问自己，尚塔尔是否也只是风之见，一片我曾经漫步穿过的风景，就像穿过褪色的照片。

我犹豫了一下，然后指了指周围。

"为什么有这些东西？为什么隔离？塑料帘。没完没了的消毒。为什么我必须穿一次性大褂，戴帽子、手套、口罩？"

"这些东西和您很搭。"

"是吗？"

"可能有点不孕不育的感觉。"

他狡黠地笑了。白胡须后面：一张调皮鬼的脸。

"您知道被爆者的概念吗，尤纳桑？"

[144]"不知道。"

"指那些原子弹爆炸的辐射受害者。在日本，他们就像麻风病人似的。如果我能给您提点建议：您也最好离我远点。"

我沉默了一会儿。

"您想让我走吗？"

哲史把歪过脑袋，点了点头。

我突兀地转身，离开房间，经过紧紧挤在一起的伤员、患者、老人，穿过走廊，走出医院，来到街上。扔掉纸褂，小帽，手套和口罩。一直到酒店房间，泪水才流下来。

回来时，哲史不见了。病房空空荡荡。

"刚才还在这的那个人。他在哪？"

没有人听得懂。

"他原来就在这，这间房里！他被送到哪里去了？"

没有人想要听懂我。

空荡荡的房间。

光秃秃的墙面。

没有窗。

这不是有扇窗吗？

地牢。

尚塔尔赤裸着，浮肿地躺在角落里。

我尖叫起来。

然后我醒了。坐在一张不舒服的椅子上，半身滑到地面。哲史的床空了。有人带他去检查。

他回来的时候，看起来很虚弱。

"您还在，尤纳桑。"

"我还在。"

[145] 一台机器被搬进房，安在哲史消过毒的帐篷上。它过滤空气里的病毒、孢子和细菌。

"暖箱。我又进了暖箱。"

他重复了几遍。

继续说。

"我的妈妈给我讲过我的出生。我来得太早了。她和我爸爸吵了架。我受够了。我想出来。"

他笑了。

"我在保育箱里躺了好几个星期。就是这样闭合的。医生说，我需要免疫系统。生命就是免疫系统的持存。没有它，就活不下去。人必须能抵抗。我于是躺在温箱里。没有防御。他们在某个数据库找到了捐献者。基因上的双胞胎。他们说，简直就是奇迹。那位捐献者在哪？德国？南非？西伯利亚？是男是女？他有孩子吗？他幸福吗？造血干细胞移植。您听说过这类事情吗？不，不是诗。我的 DNA 现在废了。好吧，反正成了破烂。被剪碎，变形。您看看我，尤纳桑。一具没有记忆的身体。一个幽灵。空壳。活着的东西必须不断更新自己。细胞分裂、增殖。没有休止。皮肤。黏膜。血。每一秒。代码消失，就全停了。身体忘了它是什么。蓝图清除。溃败立刻开始。最初觉察不到。旧的身体还能撑一段。你以为一切都好。事实上已经活生生溃败了。"

呼吸停住了。

"如果 DNA 只是变形，身体还会继续造。人就变种了。变成怪物。肉的随意创造。"

"您怎么能说得如此平静？"

[146]"我想知道一切。我全都问过了医生。他们想用专业术语逃避。但我说：您听着，您必须对我说我能听懂的。"

"我可没有这种勇气。"

"我太鄙视自己了，我居然同意了一切。"

"啊！"

"我无法上吊。"

"什么？"

"那样更好。"

"您真可怕。"

"或者顺理成章。"

"一切都让我感到无助。"

"我也是。"

一阵作呕，哲史吐在旁边的塑料袋里。他就像个自知惹祸的孩子，犹豫地向上看了看。护士拿走了袋子，离开房间。

"您会移植陌生人的基因吗，尤纳桑？"

然后他睡着了。

我想到尚塔尔。甚至在我的回忆里，她也沉默着。

哲史无法吞咽了。他的肠子不停排泄到床上。他被挂上点滴。通过一根穿鼻的管子灌胃。他的呼吸平了。

按照他的愿望，我去了隔壁房间，找到他描述过的柜子，里面有录音笔。

"正中银色的大按钮。"

小仪器中传出一个清亮、欢快的童声。哲史刚刚还毫无生气的黯淡的脸发生了变化。

［147］"说话的是您女儿吗?"

他摇摇头。

"是小昭夫。"

然后他大笑起来,那么真诚、那么无忧无虑,受到感染的我也不由开心起来,虽然那个唱歌般的小嗓音所讲的故事,我一个字也听不懂。哲史很快入睡了。

后来他又开始讲下去。海啸后,他留在了核电站基地。

"卫生站是红的。红色。没有冲洗的水。我的任务是,搬运可移动的厕所。它们满了,我就再去搬新的。我把它们摞起来。全都是血。工人们尿血。那是种很诡异的景象。我给墙壁和地面铺上粉色的塑料膜。把一切都粘起来。以防弄脏?遮盖血迹?我不知道。我不问。粉红的世界。像在童话里。有时候我忍不住呕吐。罐头鲭鱼。臭得可怕。"

"听起来就像噩梦。"

"干活让我镇静。"

"您究竟为什么还留在那一带?"

"据说支付 20 万日元。每天。给留下来的人。几乎所有人都跑了。最先走的是安全督查员。"

"20 万日元?那是 1800 欧?每天?"

"我希望重建世界的平衡。"

"世界?"

"还清债务。我对自己说：哲史，如果你能挺过几个星期，只是几个星期，你就可能给孩子留下几百万日元。你就无需再有耻辱感。"

"我恶心。"

"我每个月都寄回去点东西。所有这些年。"

"您是说从街上?"

[148] "当流浪汉几乎什么都不需要。只是给猫的一点点。"

"您也给女儿写信吗?"

"没人知道我在哪，我在做什么。这样很好。"

"哦。"

"我伪造了我的辐射通行证。我去找领导说：我没超标。我想工作。他是个粗人，看了看护照，哈哈大笑。然后他说：我需要你这样会玩儿完的人。于是我签了字。放弃起诉。放弃权利。绝对沉默。什么都不能传出去。"

"这不会是真的!"

"是真的。"

"那您现在还讲?"

他笑了。

我没再问。

"没有报道。乱成一片。我猜，没有人知道究竟发生了什么。反正不知道要干什么。您想象一架飞机。自由落体。

驾驶舱的仪器全都罢工。飞行员是没用的小丑。他们按按钮，拉动手柄。他们在指南里查不可想象，查从未发生，查坠落或希望。有人开始祈祷。也没什么坏处。应该找到电池。汽车的电池。最好是载重车的。去开仪器。不可笑吗？能为整座大城市供电的大型发电厂。6个反应堆。没有能量了。奇怪吧，是不是？如果不能冷却燃料棒，就全都完蛋了。您听说过吗？美国人这样说，如果燃料棒融化，高温的放射性废料就会穿透安全壳渗入地下，几米，几千米，越来越深，渗透整个地球，穿过地心，再从东半球浮出来。一个可怕的童话。基地上还有几百个工人。[149]东京电力的，子公司的。基本不合作。惊恐。沮丧。大多数人没用地四处坐着。有人给我事做，我感到放松。要清除通道上的废墟。1号反应堆应被消防车冷却下来，以防最坏的事情发生。可无法通过。我套上防护服，去运瓦砾。在黑暗里。那是很美的夜。成千上万的星星。我看到好几颗流星。也可能是幻觉。面罩太紧了。像在钳子里。头痛。一直有余震。只有几个工人有剂量计。有人示意我，反应堆大楼的辐射高得危险。一直在升高。我无所谓。"

"疯了！"

"我运了9个小时废墟。没休息。全身都痛。我想：我活不过两天。凌晨，首相乘直升飞机到达前不久，一辆小巴士把我们载到了附近的小客栈里。我没洗澡就睡了。下午又回来。我们的巴士停在防震大楼前的停车场上。刚下车。一声巨响。震耳欲聋。我摔倒了。然后还听到隆隆声。空气染成灰色。棕色。是烟？灰尘？下雨了。螺栓，垫铁，奇怪的、棉花似的黄色黏块。我猜，人们在尖叫。他们寻找着掩护。有些人挤进没锁的车里。我想跑。但跑不了。膝盖软了。好像我的肌肉从骨头上脱落了。我想：我不怕。但我的身体怕。有人抓住我，把我拉回巴士里。我几乎什么都看不见。到处是烟。天空没了。我们等着。一个工人坐在我身边。他的脸扭曲了。因为恐惧。不知何时我们跑进楼里。钢质大门粉碎。窗子七零八落。因为冲击波。有人大喊：爆炸了！彻底爆了！就像野战医院。［150］到处都躺着人。有几个伤得很重。若干士兵正在急救。用线和纸板包扎伤口。"

"听上去就像战争。"

"是的。"

"爆炸的是反应堆1号楼吗？"

"房顶。成了废墟。"

"即便如此，您还是留了下来？"

"当然。"

"您想当英雄吗？"

"我坐在那，在混乱里，伤员之间。我坐在那想：现在干什么？现在干什么？我应该从这里消失吗？然后呢？这时我觉察到了。"

"什么？"

"我勃起了。"

"您是认真的?"

"也许我的身体糊涂了。"

我沉默。

"英雄? 不。没有英雄。侏儒。就像个孩子,站在燃烧的房前,用他的玩具水壶往前冲。或是战争里的孩子,绝望地把彩色胶带贴在爸爸流血的伤口上。彻底的无助。仿佛恣肆无常的反应堆在玩弄我们这些有死之人。直升飞机从大海汲水,毫无计划地浇在基地池子里。消防泵,幼稚地把水喷进反应堆。是不是很可笑?"

"我认识一个人,能分享您的幽默。"

"真的? 那他一定糟透了。"

我们笑了。这让我放松下来。

"您看起来很累了,哲史桑。"

"什么呀!"

然后他睡着了。

后来哲史看着我。

"今天您看起来很悲伤,尤纳桑。您怎么了?"

[151]"一切都好。"

"我看到了。"

"没理由担心。"

"现在您说吧。"

"什么?"

"什么让您压抑,尤纳桑?"

"没什么。"

"哦。"

我给他讲起尚塔尔。正如我所怕的。话语一旦开始,就停不住了。感觉随着话语而来。那种积聚的、粗暴的痛。像兽。直到窒息。当我还在啰啰嗦嗦,他问:

"如果您给她写信呢?"

"可我不知道她在哪。"

"就像把漂流瓶扔进大海。"

我擦干脸。

"没有地址的信不会被剔出来吗?"

"也许一个孤独的职员打开它们,搜集起来,放在他厕所里一个小小的蓝架子上,按主题和颜色分类。"

"或者它们绕着地球转,从一个国家到另一个,永远在找收信者。"

我们笑了。我观察着哲史脸上细小的皱纹。

"她姓布兰查德?"

"尚塔尔·布兰查德"

"奇怪的巧合。"

"嗯?"

"您知道吗,我有一本旧书。某个布兰查德的。家里留下来的。我爸爸把它送给了我。"

"真的？我想，这个名字不怎么常见。"

"或许吧。"

疯狂抽血，插针，取组织样本，拍 X 光片，照 CT，[152] 对身体的彻底监控。我被这些围攻弄得头晕。观察到的变化尤其让我害怕。我不敢问他，是不是可以拍照。

护士来了，给他清洗。我起身转向门。然而他示意我，可以留下来。那是一场娴熟、静寂的仪式。对身体的每个动作，湿巾的每次擦拭，每次掀开、覆盖，都遵循着精确的方案，仿佛温柔、无菌的舞蹈。他的下腹肿胀得不正常。当护工清理那些诡异的、没有气味的粥状便时，哲史勃起了。一根肠管被插进去，他的阴茎疲软下来。擦干时，有些地方的皮肤脱落了。肩膀，手臂。下面只有渗着液体的肉。

"他们强迫我。"

"谁强迫您？干什么？"

"活着。"

"这没人做得到，哲史桑。"

"做不到？"

"但我愿意说服您。"

"一个烂醉的流浪汉想要什么，根本无所谓。"

"您为什么说这个？"

"我的身体不属于我了。"

"那是谁的？"

两个男人走进房间，好似诡秘的小丑，黑西装，外面裹着松绿色的大褂，塑料脚套罩在擦得锃亮的皮鞋上，擦了油的头发上顶着奶奶的小帽子。一位肌肉发达，另一位瘦弱矮小。古怪的一对。

"打扰了。"

[153] 微微鞠躬。然后他们站在房间的一个角落里，双臂交叉在胸前。气势汹汹，会这么可笑？

"我应该对客人说，您是我的爱人吗，尤纳桑？您认为呢？"哲史问。

我愣了。

他哈哈大笑。

"您也可以是个女人，不是吗？"

"这么明显？"

"您知道宝冢歌剧院吗，尤纳桑？"

我摇头。

"Abra 没给您讲过？那倒是怪了。她爱惨了。是个大阪附近的音乐剧团。很老，很有名。所有角色都由女人演。男性角色也是。演员是明星。她们是教派。被当作理想的男人崇拜，因为她们不是。被成千上万日本女人捧上了天。Abra也是。古怪，是吧？她在一个粉丝俱乐部里地位很高。我想是朝海光（Asami Hikaru）的。演出她场场不落。Abra 的明星退团后，她哭得像个孩子，和我说，她没有活下去的理由了。每天她都坐火车去看表演。和粉丝俱乐部一起。去唱歌，哭。我保证她和您讲过。因为 Abra 喜欢我们日本所谓的 Bishōnen：美少年。"

我问自己，Abra 现在待在哪。没有她，我不会在这。

"这两个男人是谁？"我问哲史。

"相对于大国的利益，小小的生命算得了什么？"

他用一种急躁的语气说。

"什么意思？"

"您知道的，尤纳桑。日本已经为资源发动过卑劣的战争。现在它有核电站。去缓解它永远不知餍足的能源饥荒。去自以为是地幻想独立。为了在顶上。最顶上。我这种情况就很不妥当。"

[154] 我坐进租的车里，尽管路全封了，还是开去海边，拍下不知所云的画面。毁灭中有什么迷住了我？我对破碎的东西上瘾。病态。我找到一个不再是城市的城市，一片旗海取而代之。到处是彩旗。我哭了。死胎。有什么东西从我身上脱落。看到这些颜色，我很快又感到异常轻松。飘扬得自由自在。被如此装饰的废墟，有了些安慰。后来，一个老人用英语告诉我，那是什么。绿旗，他说，意味着：保持原样！黄色：哪怕周围的一切都消失了，房子也必须留下。

红旗是投降的标志。它让碾碎一切的挖土机自由通过。他自己，站在一个无法辨认的土堆上，升起他的旗。是红的。看起来很不英雄，他做得几乎含情脉脉。

我知道，拍照这个动作里有种暴力。一种我能感觉到的罪恶。我制造出一道伤口，给被拍下来的人，和看到画面的人。当然还有自己。我知道的。可还是按下快门。后来观看者留在外面。他看到痛苦，却无法减轻它。他无法进入画面，不能拥抱照片里哭泣的人，或给口渴的人递去一杯水。我为何摄影？几年前，尚塔尔拿着那本她送给我的词源辞典，翻开给我读：摄影，Fotografie。古希腊语 phós 的意思是光，graphein 的意思是画。听起来没有暴力。听起来没有冒犯。当然没有。不。我保证，再也不去想尚塔尔。

回去时，我又听到录音笔里那个唱歌似的小声音。我逮到角落里两个小丑在克制地窃笑。

[155] 不知何时，哲史睁开眼睛，看着我。

"我们说了多久，尤纳桑？几天？几个星期？"

"现在 3 个月了。"

"3 个月？"

"还是几年？"

"外面发生了什么？"

"我不知道。"

"那是第三天。还是第四天？我们没人知道，到底怎么了。据说菅直人已经开始着手撤空东京。3500万人？3600万？最坏的情况下，整个东部日本都要放弃。有些人写了告别信。为他们的惨败道歉。辐射在升高。要注水冷却反应堆。还得恢复供电。修管道。铺电缆。发电机。给消防泵添柴油。油车轮胎爆了。要找备用胎，千斤顶。工具。防护服里的汗水。我呼吸困难。在面罩下。就像现在。没有空气。我听不懂身边的人说什么。辐射不断升高。一个工人虚脱了。我把机器搬到3号反应堆。7个小时。8个。9个。没完没了。口渴很折磨人。还有眩晕。我看到他们。就像在梦里。我一定在做梦，一定是的。两个孩子。穿着太大的衣服。没有面罩，没有任何保护。一个小男孩，和一个小不点的女孩。她可能都不到3岁，最多4岁。我想：阳子！这是我的小阳子？精神错乱。然后他们消失了。在反应堆大楼里，一群工人后面。我开始跑。阳子，我的小家伙。又是我的噩梦？我跑着。我已经能跑了。这一次我要逃出去。这一次。阳子，小心！门关上了。我捶门。我捶着。那么用力，撕裂了防护服。这时一个工人从里面打开。继续！穿过走廊。[156]哈喽？黑漆漆的。孩子们，你们在哪？继续，继续！我找到了他们。什么鬼？你们疯了吗？大楼随时都会在我们耳朵边飞起来！自以为是的小淘气。昭夫，我的小朋友。他在说一只蜥蜴。奇怪的梦。你们找谁？你们的爸爸？那儿有个救急柜。我把他们一起塞进一件特卫强工作服里。没用。当然。面罩。不管了。我抱起他们跑。尽可能快。小女孩发着高烧。很快到了急救中心。小男孩可怕地尖叫起来。真受不了。我答应去找他的蜥蜴。"

这时哲史的呼吸停住了。

他窒息了？现在窒息了？我一身冷汗。我叫护士。一个医生冲进房间，又来了一个，拿着呼吸机，把面罩按在他脸上。我呆呆看了一会，然后转身离开房间，恍惚着，踉跄着，扯下头上的口罩，扔掉橡胶手套，瘫倒在走廊里，靠着墙。一群医生跑过来，后面跟着护工，仪器和工具。我听到吼叫。哲史大喊着法语，我不知道，哪里来的空气。

"我不是人了！我不是人！"

当我，从头到脚消毒，重新走进房间，一根管子插到了哲史嘴里。我刹那间泪流满面。带着可能致死的病菌。他再也不能讲话了。我想，他再也不能讲话了。灌胃的管子穿过鼻子，呼吸的管子穿过嘴巴，输血，点滴的药物，肠管，长时心电图。哲史桑？您在哪？镇静剂让他沉睡。脸变形了，好像闯进了马蜂窝。一根头发都没有。医生很难注射。每块胶布都带下一块皮肤。出血再也止不住。［157］我站了很久，看着他肿起来的手。颜色：紫，暗红，棕，黄。我不由想到：好像秋天的叶子。他枯了。生肉。全都湿漉漉的。

"你做到了，哲史桑。会回来的。"

小丑坐在角落里打盹。我走到床边。看到风中摇摆的雪松。医院前面有个摄制组。被三位强壮的保安赶走了。樱花怒放。

他间或醒来。有反应。点头，眨眼。他很清醒。我于是有了主意。我们发明了一种密码。头绕圈意味着：我有个问题。抬眼眉：请求。我们把字母表分成五段。眨左眼指示下一段字母。眨右眼意味着就在这里。摩尔码。静寂、亲密的文字。我们看着对方的眼睛。眉，安静的眼睛。有时候我想，从未与一个人如此近过。他时不时转过身去，我明白。我们学得很快。哲史的脸是风景。相比声音，情感更藏不住。每次抽动，每条皱纹，对于我，一切都成了符号。管子纵横其间。

不知道为什么。我很感恩。一切都十分温暖。

大部分时间，他睡着。止痛剂。镇静剂。抗生素软膏。

床上都是分泌物。全都湿漉漉的。他在丧失体液，成升地。胃肠道不再吸收营养了。人们把他裹在绷带和纱布里。

像个木乃伊。

医生想给他移植实验室培育的皮肤。

[158] 它会保护他。哲史问：

"何苦?"

他对我拼出了一个单词："金缮。"

"金缮?"

他点头。

村子里，一个女人用英语告诉我，是怎么回事。她说，这是个日本瓷艺和哲学的概念。是日本中世纪，室町时代，茶师和禅宗和尚发展出来的观念：尊重缺陷。有个幕府将军足利义满的故事。他打碎了自己最喜欢的茶碗，把它寄去中国修复。茶碗送回来的时候，固定用的丑陋铁箍吓到他。他命令幕府里的艺术家发明一种新方法：金缮，用金黏合。裂纹、伤疤和缝隙不被遮遮掩掩，反而艺术化地强调、展现出来。用混有金粉的漆填充。偶然，铜绿，伤残，历史。金缮有着瑕疵和消逝美学的元素。破碎之美。

我去和哲史说，他拼：

"把我粘好!"

他笑了。没有皮肤的笑。口鼻插满管子。这个混蛋怎么还能继续开玩笑?

"怎么了，哲史桑？"

他拼："鬣蜥。"

"你还要去再进一次反应堆？"

他点头。

我问：

"你怕吗？"

［159］他点头。

我想碰碰他，却不知，碰哪。

安了透析机。

它是新的肾。

药物调节血压和排尿。

眼睛闭不上了。

它们在流血。

发黄的药膏代替了眼睑。

交流结束。

录音笔里的小声音没日没夜地说着话。

我买了备用电池。

哲史没反应了。

我失眠。

身体崩溃。

肉分离了。

他从嘴巴和肛门里流血。

机器围着他，像器官。

它们轰鸣，尖叫，打着无节奏的拍子。

它们活着。

屏幕投射着刺眼、冰冷的光。

安全起见，封了窗。

心脏停止。

机器躁动不安。

然后它们也安静了。

我走出室外。阳光灿烂，好像什么都没发生。

在福岛车站，我听见活泼的叽叽喳喳。好像鸟儿聚集在房顶和电线杆上开会，或是抗议局势。它们肆无忌惮地啁啾着唱它们的歌。然后我才发现，声音是从扩音器里传出来的。

[160] 尚塔尔有一次和我说起过琴鸟的歌声。她说，这些鸟儿是模仿大师。它们的发声装置如此出色，差不多能几近完美地模仿它们听到的所有声音：其他鸟类的求偶歌，树叶的沙沙响，隔壁笼子的锤击和钻孔声，电锯声，爆炸声。

在新干线停在最后一站、尚未接收客人高速驶离的几分钟里，清洁大军冲上车——一群排着队的妇女，穿戴粉红色的制服和帽子，肩上背着鼓鼓囊囊、装满清洁用品的蓝袋子，手里拿扫把和掸子，像快进的无声电影，开始清扫似乎没有尽头的火车。捡起残物和遗忘的东西，倒空垃圾箱，卷起遮光帘，为桌子和座椅扫尘、把它们擦亮，整排长凳木马般旋转，地面被清扫、刮拭，最终，区区几分钟后，其中一个女人，也许是资历最老的，站在车厢出口的月台上，对粉红清洁团的每个成员点头道别。女人们鱼贯从内走出，站在车门处，打出神秘的手势，张开的手指在肩膀高度指一下左、指一下右，最后向下指指地面，或许是在宣布，全宇宙都井井有条，然后在领班的点头鼓励下，离开火车，乘滚梯下去，匆匆赶往下一处工作地点。所有人都完成仪式后，车门关闭，清洁大军的领队打出最后一个朝向车头的手势，自己也退去。活干完了。一切都好。